Memoria de mis putas tristes

Literatura Mondadori, 246

Memoria de mis putas tristes

GABRIEL GARCÍA MÁRQUEZ

MONDADORI

Barcelona, 2004

© 2004, Gabriel García Márquez
© 2004, de la edición en castellano para España y América Latina: Grupo Editorial Random House Mondadori, S.L.
  Travessera de Gràcia, 47-49. 08021 Barcelona

Coeditores:
  Editorial Sudamericana para los países del Cono Sur
  Editorial Diana S.A. para México y Caribe
  Editorial Norma, S.A. para Pacto Andino, Costa Rica, El Salvador, Guatemala, Nicaragua, Panamá y República Dominicana.

Fotografía de la cubierta: © Luis Miguel Palomares
Diseño de la cubierta: Luz de la Mora
Primera edición: octubre de 2004
Segunda edición: noviembre de 2004
ISBN: 84-397-1165-4
Depósito legal: B. 45.446-2004
Impreso en Liberdúplex, S.A.
Constitució, 19 (Barcelona)

GM 1 1 6 5 4

«No debía hacer nada de mal gusto, advirtió al anciano Eguchi la mujer de la posada. No debía poner el dedo en la boca de la mujer dormida ni intentar nada parecido.»

Yasunari Kawabata,
La casa de las bellas dormidas

1

El año de mis noventa años quise regalarme una noche de amor loco con una adolescente virgen. Me acordé de Rosa Cabarcas, la dueña de una casa clandestina que solía avisar a sus buenos clientes cuando tenía una novedad disponible. Nunca sucumbí a ésa ni a ninguna de sus muchas tentaciones obscenas, pero ella no creía en la pureza de mis principios. También la moral es un asunto de tiempo, decía, con una sonrisa maligna, ya lo verás. Era algo menor que yo, y no sabía de ella desde hacía tantos años que bien podía haber muerto. Pero al primer timbrazo reconocí la voz en el teléfono, y le disparé sin preámbulos:

—Hoy sí.

Ella suspiró: Ay, mi sabio triste, te desapareces veinte años y sólo vuelves para pedir imposibles. Recobró enseguida el dominio de su arte y me ofreció una media docena de opciones deleitables, pero eso sí, todas usadas. Le insistí que no, que debía ser doncella y para esa misma noche. Ella preguntó alarmada: ¿Qué es lo que quieres probarte? Nada, le contesté, lastimado donde más me dolía, sé muy bien lo que puedo y lo que no puedo. Ella dijo impasible que los sabios lo saben todo, pero no todo: Los únicos Virgos que van quedando en el mundo son ustedes los de agosto. ¿Por qué no me lo encargaste con más tiempo? La inspiración no avisa, le dije. Pero tal vez espera, dijo ella, siempre más resabida que cualquier hombre, y me pidió aunque fueran dos días para escudriñar a fondo el mercado. Yo le repliqué en serio que en un negocio como aquél, a mi edad, cada hora es un año. Entonces no se puede, dijo ella sin la mínima duda, pero no importa, así es más emocionante, qué carajo, te llamo en una hora.

No tengo que decirlo, porque se me distingue a leguas: soy feo, tímido y anacrónico. Pero a fuerza de no querer serlo he venido a simular todo lo contrario. Hasta el sol de hoy, en que resuelvo contarme como soy por mi propia y libre voluntad, aunque sólo sea para alivio de mi conciencia. He empezado con la llamada insólita a Rosa Cabarcas, porque visto desde hoy, aquél fue el principio de una nueva vida a una edad en que la mayoría de los mortales están muertos.

Vivo en una casa colonial en la acera de sol del parque de San Nicolás, donde he pasado todos los días de mi vida sin mujer ni fortuna, donde vivieron y murieron mis padres, y donde me he propuesto morir solo, en la misma cama en que nací y en un día que deseo lejano y sin dolor. Mi padre la compró en un remate público a fines del siglo XIX, alquiló la planta baja para tiendas de lujo a un consorcio de italianos, y se reservó este segundo piso para ser feliz con la hija de uno de ellos, Florina de Dios Cargamantos, intérprete notable de Mozart, políglota y garibaldina, y la mujer más hermosa y de mejor talento que hubo nunca en la ciudad: mi madre.

El ámbito de la casa es amplio y luminoso, con arcos de estuco y pisos ajedrezados de mosaicos florentinos, y cuatro puertas vidrieras sobre un balcón corrido donde mi madre se sentaba en las noches de marzo a cantar arias de amor con sus primas italianas. Desde allí se ve el parque de San Nicolás con la catedral y la estatua de Cristóbal Colón, y más allá las bodegas del muelle fluvial y el vasto horizonte del río grande de la Magdalena a veinte leguas de su estuario. Lo único ingrato de la casa es que el sol va cambiando de ventanas en el transcurso del día, y hay que cerrarlas todas para tratar de dormir la siesta en la penumbra ardiente. Cuando me quedé solo, a mis treinta y dos años, me mudé a la que fuera la alcoba de mis padres, abrí una puerta de paso hacia la biblioteca y empecé a subastar cuanto me iba sobrando para vivir, que terminó por ser casi todo, salvo los libros y la pianola de rollos.

Durante cuarenta años fui el inflador de cables de *El Diario de La Paz*, que consistía en reconstruir y completar en prosa indígena las noticias del mundo que atrapábamos al vuelo en el espacio sideral por las ondas cortas o el código Morse. Hoy me sustento mal que bien con mi pensión de aquel oficio extinguido; me sustento menos con la de maestro de gramática castellana y latín, casi nada con la nota dominical que he escrito sin desmayos durante más de medio siglo, y nada en absoluto con las gacetillas de música y teatro que me publican de favor las muchas veces en que vienen intérpretes notables. Nunca hice nada distinto de escribir, pero no tengo vocación ni virtud de narrador, ignoro por completo las leyes de la composición dramática, y si me he embarcado en esta empresa es porque confío en la luz de lo mucho que he leído en la vida. Dicho en romance crudo, soy un cabo de raza sin méritos ni brillo, que no tendría nada que legar a sus sobrevivientes de no haber sido por los hechos que me dispongo a referir como pueda en esta memoria de mi grande amor.

El día de mis noventa años había recordado, como siempre, a las cinco de la mañana. Mi único compromiso, por ser viernes, era escribir la nota firmada que se publica los domingos en *El Diario de La Paz*. Los síntomas del amanecer habían sido perfectos para no ser feliz: me dolían los huesos desde la madrugada, me ardía el culo, y había truenos de tormenta después de tres meses de sequía. Me bañé mientras estaba el café, me tomé un tazón endulzado con miel de abejas y acompañado con dos tortas de cazabe, y me puse el mameluco de lienzo de estar en casa.

El tema de la nota de aquel día, cómo no, eran mis noventa años. Nunca he pensado en la edad como en una gotera en el techo que le indica a uno la cantidad de vida que le va quedando. De muy niño oí decir que cuando una persona muere los piojos que incuban en la pelambre escapan pavoridos por las almohadas para vergüenza de la familia. Esto me escarmentó de tal suerte, que me dejé tusar a coco para ir a la escuela, y las escasas hebras que me quedan me las lavo todavía con el jabón del perro agradecido. Quiere decir, me digo ahora, que de muy niño tuve mejor formado el sentido del pudor social que el de la muerte.

Desde hacía meses había previsto que mi nota de aniversario no fuera el sólito lamento por los años idos, sino todo lo contrario: una glorificación de la vejez. Empecé por preguntarme cuándo tomé conciencia de ser viejo y creo que fue muy poco antes de aquel día. A los cuarenta y dos años había acudido al médico con un dolor de espaldas que me estorbaba para respirar. Él no le dio importancia: Es un dolor natural a su edad, me dijo.

—En ese caso —le dije yo—, lo que no es natural es mi edad.

El médico me hizo una sonrisa de lástima. Veo que es usted un filósofo, me dijo. Fue la primera vez que pensé en mi edad en términos de vejez, pero no tardé en olvidarlo. Me acostumbré a despertar cada día con un dolor distinto que iba cambiando de lugar y forma a medida que pasaban los años. A veces parecía ser un zarpazo de la muerte y al día siguiente se esfumaba. Por esa época oí decir que el primer síntoma de la vejez es que uno empieza a parecerse a su padre. Debo estar condenado a la juventud eterna, pensé entonces, porque mi perfil equino no se parecerá nunca al caribe crudo que fue mi padre, ni al romano imperial de mi madre. La verdad es que los primeros cambios son tan lentos que apenas si se notan, y uno sigue viéndose desde dentro como había sido siempre, pero los otros los advierten desde fuera.

En la quinta década había empezado a imaginarme lo que era la vejez cuando noté los primeros huecos de la memoria. Sabaneaba la casa buscando los espejuelos hasta que descubría que los llevaba puestos, o me metía con ellos en la regadera, o me ponía los de leer sin quitarme los de larga vista. Un día desayuné dos veces porque olvidé la primera, y aprendí a reconocer la alarma de mis amigos cuando no se atrevían a advertirme que les estaba contando el mismo cuento que les conté la semana anterior. Para entonces tenía en la memoria una lista de rostros conocidos y otra con los nombres de cada uno, pero en el momento de saludar no conseguía que coincidieran las caras con los nombres.

Mi edad sexual no me preocupó nunca, porque mis poderes no dependían tanto de mí como de ellas, y ellas saben el cómo y el porqué cuando quieren. Hoy me río de los muchachos de ochenta que consultan al médico asustados por estos sobresaltos, sin saber que en los noventa son peores, pero ya no importan: son riesgos de estar vivo. En cambio, es un triunfo de la vida que la memoria de los viejos se pierda para las cosas que no son esenciales, pero que raras veces falle para las que de verdad nos interesan. Cicerón lo ilustró de una plumada: *No hay un anciano que olvide dónde escondió su tesoro.*

Con esas reflexiones, y otras varias, había terminado un primer borrador de la nota cuando el sol de agosto estalló entre los almendros del parque y el buque fluvial del correo, retrasado una semana por la sequía, entró bramando en el canal del puerto. Pensé: Ahí llegan mis noventa años. Nunca sabré por qué, ni lo pretendo, pero fue al conjuro de aquella evocación arrasadora cuando decidí llamar por teléfono a Rosa Cabarcas para que me ayudara a honrar mi aniversario con una noche libertina. Llevaba años de santa paz con mi cuerpo, dedicado a la relectura errática de mis clásicos y a mis programas privados de música culta, pero el deseo de aquel día fue tan apremiante que me pareció un recado de Dios. Después de la llamada no pude seguir escribiendo. Colgué la hamaca en un recodo de la biblioteca donde no da el sol por la mañana, y me tumbé con el pecho oprimido por la ansiedad de la espera.

Había sido un niño consentido con una mamá de dones múltiples, aniquilada por la tisis a los cincuenta años, y con un papá formalista al que nunca se le conoció un error, y amaneció muerto en su cama de viudo el día en que se firmó el tratado de Neerlandia, que puso término a la guerra de los Mil Días y a las tantas guerras civiles del siglo anterior. La paz cambió la ciudad en un sentido que no se previó ni se quería. Una muchedumbre de mujeres libres enriquecieron hasta el delirio las viejas cantinas de la calle Ancha, que fuera después el camellón Abello y ahora es el paseo Colón, en esta ciudad de mi alma tan apreciada de propios y ajenos por la buena índole de su gente y la pureza de su luz.

Nunca me he acostado con ninguna mujer sin pagarle, y a las pocas que no eran del oficio las convencí por la razón o por la fuerza de que recibieran la plata aunque fuera para botarla en la basura. Por mis veinte años empecé a llevar un registro con el nombre, la edad, el lugar, y un breve recordatorio de las circunstancias y el estilo. Hasta los cincuenta años eran quinientas catorce mujeres con las cuales había estado por lo menos una vez.

Interrumpí la lista cuando ya el cuerpo no me dio para tantas y podía seguir las cuentas sin papel. Tenía mi ética propia. Nunca participé en parrandas de grupo ni en contubernios públicos, ni compartí secretos ni conté una aventura del cuerpo o del alma, pues desde joven me di cuenta de que ninguna es impune.

La única relación extraña fue la que mantuve durante años con la fiel Damiana. Era casi una niña, aindiada, fuerte y montaraz, de palabras breves y terminantes, que se movía descalza para no disturbarme mientras escribía. Recuerdo que yo estaba leyendo *La lozana andaluza* en la hamaca del corredor, y la vi por casualidad inclinada en el lavadero con una pollera tan corta que dejaba al descubierto sus corvas suculentas. Presa de una fiebre irresistible se la levanté por detrás, le bajé las mutandas hasta las rodillas y la embestí en reversa. Ay, señor, dijo ella, con un quejido lúgubre, eso no se hizo para entrar sino para salir. Un temblor profundo le estremeció el cuerpo, pero se mantuvo firme. Humillado por haberla humillado quise pagarle el doble de lo que costaban las más caras de entonces, pero no aceptó ni un ochavo, y tuve que aumentarle el sueldo con el cálculo de una monta al mes, siempre mientras lavaba la ropa y siempre en sentido contrario.

Alguna vez pensé que aquellas cuentas de camas serían un buen sustento para una relación de las miserias de mi vida extraviada, y el título me cayó del cielo: *Memoria de mis putas tristes*. Mi vida pública, en cambio, carecía de interés: huérfano de padre y madre, soltero sin porvenir, periodista mediocre cuatro veces finalista en los Juegos Florales de Cartagena de Indias y favorito de los caricaturistas por mi fealdad ejemplar. Es decir: una vida perdida que había empezado mal desde la tarde en que mi madre me llevó de la mano a los diecinueve años para ver si lograba publicar en *El Diario de La Paz* una crónica de la vida escolar que yo había escrito en la clase de castellano y retórica. Se publicó el domingo con un exordio esperanzado del director. Pasados los años, cuando supe que mi madre había pagado la publicación y las siete siguientes, ya era tarde para avergonzarme, pues mi columna semanal volaba con alas propias, y era además inflador de cables y crítico de música.

Desde que obtuve mi grado de bachiller con diploma de excelencia empecé a dictar clases de castellano y latín en tres colegios públicos al mismo tiempo. Fui un mal maestro, sin formación, sin vocación ni piedad alguna por esos pobres niños que iban a la escuela como el modo más fácil de escapar a la tiranía de sus padres. Lo único que pude hacer por ellos fue mantenerlos bajo el terror de mi regla de madera para que al menos se llevaran de mí el poema favorito: *Estos, Fabio, ay dolor, que ves ahora, campos de soledad, mustio collado, fueron un tiempo Itá-*

lica famosa. Sólo de viejo me enteré por casualidad del mal apodo que los alumnos me pusieron a mis espaldas: el *Profesor Mustio Collado.*

Esto fue todo cuanto me dio la vida y no he hecho nada por sacarle más. Almorzaba solo entre una clase y otra, y a las seis de la tarde llegaba a la redacción del periódico a cazar las señales del espacio sideral. A las once de la noche, cuando se cerraba la edición, empezaba mi vida real. Dormía en el Barrio Chino dos o tres veces por semana, y con tan variadas compañías, que dos veces fui coronado como el cliente del año. Después de la cena en el cercano café Roma escogía cualquier burdel al azar y entraba a escondidas por la puerta del traspatio. Lo hacía por el gusto, pero terminó por ser parte de mi oficio gracias a la ligereza de lengua de los grandes cacaos de la política, que les daban cuenta de sus secretos de Estado a sus amantes de una noche, sin pensar que eran oídos por la opinión pública a través de los tabiques de cartón. Por esa vía, cómo no, descubrí también que mi celibato inconsolable lo atribuían a una pederastia nocturna que se saciaba con los niños huérfanos de la calle del Crimen. He tenido la fortuna de olvidarlo, entre otras buenas razones porque también conocí lo bueno que se decía de mí, y lo aprecié en lo que valía.

Nunca tuve grandes amigos, y los pocos que llegaron cerca están en Nueva York. Es decir: muertos, pues es donde supongo que se van las almas en pena para no digerir la verdad de su vida pasada. Desde mi jubilación tengo poco que hacer, como no sea llevar mis papeles al diario los viernes en la tarde, u otros empeños de cierta monta: conciertos en Bellas Artes, exposiciones de pintura en el Centro Artístico, del cual soy socio fundador, alguna que otra conferencia cívica en la Sociedad de Mejoras Públicas, o un acontecimiento grande como la temporada de la Fábregas en el teatro Apolo. De joven iba a los salones de cine sin techo, donde lo mismo podía sorprendernos un eclipse de luna que una pulmonía doble por un aguacero descarriado. Pero más que las películas me interesaban las pajaritas de la noche que se acostaban por el precio de la entrada, o lo daban de balde o de fiado. Pues el cine no es mi género. El culto obsceno de Shirley Temple fue la gota que desbordó el vaso.

Mis únicos viajes fueron cuatro a los Juegos Florales de Cartagena de Indias, antes de mis treinta años, y una mala noche en lancha de motor, invitado por Sacramento Montiel a la inauguración de un burdel suyo en Santa Marta. En cuanto a mi vida doméstica, soy de poco comer y de gustos fáciles. Cuando Damiana se hizo vieja no se volvió a cocinar en casa, y mi única comida regular desde entonces ha sido la tortilla de papas en el café Roma después del cierre del periódico.

Así que la víspera de mis noventa años me quedé sin almorzar y no pude concentrarme en la lectura a la espera de noticias de Rosa Cabarcas. Las chicharras pitaban a reventar en el calor de las dos, y las vueltas del sol por las ventanas abiertas me forzaron a cambiar tres veces el lugar de la hamaca. Siempre me pareció que por los días de mi aniversario estaba el más caliente del año, y había aprendido a soportarlo, pero el humor de aquel día no me dio para tanto. A las cuatro traté de apaciguarme con las seis suites para chelo solo de Juan Sebastián Bach, en la versión definitiva de don Pablo Casals. Las tengo como lo más sabio de toda la música, pero en vez de apaciguarme como de sólito me dejaron en un estado de la peor postración. Me adormecí con la segunda, que me parece un poco remolona, y en el sueño revolví la quejumbre del chelo con la de un buque triste que se fue. Casi al instante me depertó el teléfono, y la voz oxidada de Rosa Cabarcas me devolvió a la vida. Tienes una suerte de bobo, me dijo. Encontré una pavita mejor de la que querías, pero tiene un percance: anda apenas por los catorce años. No me importa cambiar pañales, le dije en chanza sin entender sus motivos. No es por ti, dijo ella, pero ¿quién va a pagar por mí los tres años de cárcel?

Nadie iba a pagarlos, pero ella menos que nadie, por supuesto. Recogía su cosecha entre las menores de edad que hacían mercado en su tienda, a las cuales iniciaba y exprimía hasta que pasaban a la vida peor de putas graduadas en el burdel histórico de la Negra Eufemia. Nunca había pagado una multa, porque su patio era la arcadia de la autoridad local, desde el gobernador hasta el último camaján de alcaldía, y no era imaginable que a la dueña le faltaran poderes para delinquir a su antojo. De modo que sus escrúpulos de última hora sólo debían ser para sacar ventajas de sus favores: más caros cuanto más punibles. El diferendo se arregló con el aumento de dos pesos en los servicios, y acordamos que a las diez de la noche yo estuviera en su casa con cinco pesos en efectivo y por adelantado. Ni un minuto antes, pues la niña tenía que darles de comer y dormir a sus hermanos menores, y acostar a su madre baldada por el reumatismo.

Faltaban cuatro horas. A medida que discurrían, el corazón se me iba llenando de una espuma ácida que me estorbaba para respirar. Hice un esfuerzo estéril por pastorear el tiempo con los trámites de la vestimenta. Nada nuevo por cierto, si hasta Damiana dice que me visto con el ritual de un señor obispo. Me corté con la navaja barbera, tuve que esperar a que se refrescara el agua de la ducha recalentada por el sol en la tubería, y el esfuerzo simple de secarme con la toalla me hizo sudar de nuevo. Me vestí de acuerdo con la ventura de la noche: el traje de lino blanco, la camisa a rayas azules de cuello acartonado con engrudo, la corbata de seda china, los botines remozados con blanco de zinc, y el reloj de oro coronario con la leontina abrochada en el ojal de la solapa. Al final doblé hacia dentro las bocapiernas de los pantalones para que no se notara que he disminuido un jeme.

Tengo fama de cicatero porque nadie puede imaginarse que sea tan pobre si vivo donde vivo, y la verdad es que una noche como aquélla estaba muy por encima de mis recursos. Del cofre de los ahorros transpuesto debajo de la cama saqué dos pesos para alquiler del cuarto, cuatro para la dueña, tres para la niña y cinco de reserva para mi cena y otros gastos menudos. O sea, los catorce pesos que me paga el periódico por un mes de notas dominicales. Los escondí en un bolsillo secreto de la pretina y me perfumé con el fumigador de Agua de Florida de Lanman & Kemp-Barclay & Co. Entonces sentí el zarpazo del pánico y a la primera campanada de las ocho bajé a tientas las escaleras en tinieblas, sudando de miedo, y salí a la noche radiante de mis vísperas.

Había refrescado. Grupos de hombres solos discutían a gritos sobre fútbol en el paseo Colón, entre los taxis parados en batería al centro de la calzada. Una banda de cobres tocaba un valse lánguido bajo la alameda de matarratones floridos. Una de las putitas pobres que cazan clientes de solemnidad en la calle de los Notarios me pidió el cigarrillo de siempre, y le contesté lo mismo de siempre: Dejé de fumar hace hoy treinta y tres años, dos meses y diecisiete días. Al pasar frente a El Alambre de Oro me miré en las vitrinas iluminadas y no me vi como me sentía, sino más viejo y peor vestido.

Poco antes de las diez abordé un taxi y le pedí al chofer que me llevara al Cementerio Universal para que no supiera adónde iba en realidad. Me miró divertido por el espejo, y me dijo: No me dé estos sustos, don sabio, ojalá Dios me mantuviera tan vivo como a usted. Nos bajamos juntos frente al cementerio porque él no tenía moneda suelta y tuvimos que cambiar en La Tumba, una cantina indigente donde lloran a sus muertos los borrachitos de la madrugada. Cuando arreglamos cuentas el chofer me dijo en serio: Tenga cuidado, don, que ya la casa de Rosa Cabarcas no es ni sombra de lo que fue. No pude menos que darle las gracias, convencido como todo el mundo de que no había ningún secreto bajo el cielo para los choferes del paseo Colón.

Me adentré en un barrio de pobres que no tenía nada que ver con el que conocí en mis tiempos. Eran las mismas calles amplias de arenas calientes, con casas de puertas abiertas, paredes de tablas sin cepillar, techos de palma amarga y patios de cascajo. Pero su gente había perdido el sosiego. En la mayoría de las casas había parrandas de viernes cuyos bombos y platillos repercutían en las entrañas. Cualquiera podía entrar por cincuenta centavos en la fiesta que le gustara más, pero también podía quedarse bailando de gorra en los sardineles. Yo caminaba ansioso de que me tragara la tierra dentro de mi atuendo de filipichín, pero nadie se fijó en mí, salvo un mulato escuálido que dormitaba sentado en el portón de una casa de vecindad.

—Adiós, doctor —me gritó con todo el corazón—, ¡feliz polvo!

¿Qué podía hacer sino darle las gracias? Tuve que detenerme por tres veces para recobrar el respiro antes de alcanzar la última cuesta. Desde allí vi la enorme luna de cobre que se alzaba en el horizonte, y una urgencia imprevista del vientre me hizo temer por mi destino, pero pasó de largo. Al final de la calle, donde el barrio se convertía en un bosque de árboles frutales, entré en la tienda de Rosa Cabarcas.

No parecía la misma. Había sido la mamasanta más discreta y por lo mismo la más conocida. Una mujer de gran tamaño que queríamos coronar como sargenta de bomberos, tanto por la corpulencia como por la eficacia para apagar las candelas de la parroquia. Pero la soledad le había disminuido el cuerpo, le había avellanado la piel y afilado la voz con tanto ingenio que parecía una niña vieja. De antes sólo le quedaban los dientes perfectos, con uno que se había hecho forrar de oro por coquetería. Guardaba un luto cerrado por el marido muerto a los cincuenta años de vida común, y lo aumentó con una especie de bonete negro por la muerte del hijo único que la ayudaba en sus entuertos. Sólo le quedaban vivos los ojos diáfanos y crueles, y por ellos me di cuenta de que no había cambiado de índole.

La tienda tenía un foco macilento en el plafondo y casi nada para vender en los armarios, que ni siquiera cumplían como pantalla de un negocio a voces que todo el mundo conocía pero nadie reconocía. Rosa Cabarcas estaba despachando a un cliente cuando entré en punta de pies. No sé si me desconoció de veras o si lo había fingido por guardar las formas. Me senté en el escaño de espera mientras se desocupaba y traté de reconstruirla en la memoria como había sido. Más de dos veces, cuando ambos estábamos enteros, también ella me había sacado de espantos. Creo que me leyó el pensamiento, porque se volvió hacia mí y me escudriñó con una intensidad alarmante. No te pasa el tiempo, suspiró con tristeza. Yo quise halagarla: A ti sí, pero para bien. En serio, dijo ella, hasta te ha resucitado un poco la cara de caballo muerto. Será porque cambié de comedero, le dije por picardía. Ella se animó. Hasta donde me acuerdo tenías una tranca de galeote, me dijo. ¿Cómo se porta? Me escapé por la tangente: Lo único distinto desde que no nos vemos es que a veces me arde el culo. Su diagnóstico fue inmediato: Falta de uso. Sólo lo tengo para lo que Dios lo hizo, le dije, pero era cierto que me ardía de tiempo atrás, y siempre en luna llena. Rosa rebuscó en su cajón de sastre y destapó una latita de una pomada verde que olía a linimento de árnica. Le dices a la niña que te la unte con su dedito así, moviendo el índice con una elocuencia procaz. Le repliqué que a Dios gracias todavía era capaz de defenderme sin untos guajiros. Ella se burló: Ay, maestro, perdóname la vida. Y fue a lo suyo.

La niña estaba en el cuarto desde las diez, me dijo; era bella, limpia y bien criada, pero estaba muerta de miedo, porque una amiga suya que escapó con un estibador de Gayra se había desangrado en dos horas. Pero bueno, admitió Rosa, se entiende porque los de Gayra tienen fama de que hacen cantar a las mulas. Y retomó el hilo: Pobrecita, además de todo tiene que trabajar el día entero pegando botones en una fábrica. No me pareció que fuera un oficio tan duro. Eso creen los hombres, replicó ella, pero es peor que picar piedras. Además me confesó que le había dado a la niña un bebedizo de bromuro con valeriana y ahora estaba dormida. Temí que la compasión fuera otra artimaña para aumentar el precio, pero no, dijo ella, mi palabra es de oro. Con reglas fijas: cada cosa pagada aparte, en plata blanca y por adelantado. Así fue.

La seguí a través del patio, enternecido por la marchitez de su piel, y por lo mal que andaba con las piernas hinchadas dentro de las medias de algodón primario. La luna llena estaba llegando al centro del cielo y el mundo se veía como sumergido en aguas verdes. Cerca de la tienda había una techumbre de palma para las parrandas de la administración pública, con numerosos taburetes de cuero y hamacas colgadas en los horcones. En el traspatio, donde empezaba el bosque de árboles frutales, había una galería de seis alcobas de adobes sin repellar, con ventanas de anjeo para los zancudos. La única ocupada estaba a media luz, y Toña la Negra cantaba en el radio una canción de malos amores. Rosa Cabarcas tomó aire: El bolero es la vida. Yo estaba de acuerdo, pero hasta hoy no me atreví a escribirlo. Ella empujó la puerta, entró un instante y volvió a salir. Sigue dormidita, dijo. Harías bien en dejarla descansar todo lo que le pida el cuerpo, tu noche es más larga que la suya. Yo estaba ofuscado: ¿Qué crees que debo hacer? Tú sabrás, dijo ella con una placidez fuera de lugar, por algo eres sabio. Dio media vuelta y me dejó solo con el terror.

No había escapatoria. Entré en el cuarto con el corazón desquiciado, y vi a la niña dormida, desnuda y desamparada en la enorme cama de alquiler, como la parió su madre. Yacía de medio lado, de cara a la puerta, alumbrada desde el plafondo por una luz intensa que no perdonaba detalle. Me senté a contemplarla desde el borde de la cama con un hechizo de los cinco sentidos. Era morena y tibia. La habían sometido a un régimen de higiene y embellecimiento que no descuidó ni el vello incipiente del pubis. Le habían rizado el cabello y tenía en las uñas de las manos y los pies un esmalte natural, pero la piel del color de la melaza se veía áspera y maltratada. Los senos recién nacidos parecían todavía de niño varón pero se veían urgidos por una energía secreta a punto de reventar. Lo mejor de su cuerpo eran los pies grandes de pasos sigilosos con dedos largos y sensibles como de otras manos. Estaba ensopada en un sudor fosforescente a pesar del ventilador, y el calor se volvía insoportable a medida que avanzaba la noche. Era imposible imaginar cómo era la cara pintorreteada a brocha gorda, la espesa costra de polvos de arroz con dos parches de colorete en las mejillas, las pestañas postizas, las cejas y los párpados como ahumados con negrohumo, y los labios aumentados con un barniz de chocolate. Pero ni los trapos ni los afeites alcanzaban a disimular su carácter: la nariz altiva, las cejas encontradas, los labios intensos. Pensé: Un tierno toro de lidia.

A las once fui a mis trámites de rutina en el baño, donde estaba su ropa de pobre doblada sobre una silla con un esmero de rica: un traje de etamina con mariposas estampadas, un calzón amarillo de malapodán y unas sandalias de fique. Encima de la ropa había una pulsera de baratillo y una cadenita muy fina con la medalla de la Virgen. En la repisa del lavabo, una cartera de mano con un lápiz de labios, un estuche de colorete, una llave y unas monedas sueltas. Todo tan barato y envilecido por el uso que no pude imaginarme a nadie tan pobre como ella.

Me desvestí y dispuse las piezas como mejor pude en el perchero para no dañar la seda de la camisa y el planchado del lino. Oriné en el inodoro de cadena, sentado y como me enseñó desde niño Florina de Dios para que no mojara los bordes de la bacinilla, y todavía, modestia aparte, con un chorro inmediato y continuo de potro cerrero. Antes de salir me asomé al espejo del lavamanos. El caballo que me miró desde el otro lado no estaba muerto sino lúgubre, y tenía una papada de Papa, los párpados abotagados y desmirriadas las crines que habían sido mi melena de músico.

—Mierda —le dije—, ¿qué puedo hacer si no me quieres?

Tratando de no despertarla me senté desnudo en la cama con la vista ya acostumbrada a los engaños de la luz roja, y la revisé palmo a palmo. Deslicé la yema del índice a lo largo de su cerviz empapada y toda ella se estremeció por dentro como un acorde de arpa, se volteó hacia mí con un gruñido y me envolvió en el clima de su aliento ácido. Le apreté la nariz con el pulgar y el índice, y ella se sacudió, apartó la cabeza y me dio la espalda sin despertar. Traté de separarle las piernas con mi rodilla por una tentación imprevista. En las dos primeras tentativas se opuso con los muslos tensos. Le canté al oído: *La cama de Delgadina de ángeles está rodeada.* Se relajó un poco. Una corriente cálida me subió por las venas, y mi lento animal jubilado despertó de su largo sueño.

Delgadina, alma mía, le supliqué ansioso. Delgadina. Ella lanzó un gemido lúgubre, escapó de mis muslos, me dio la espalda y se enroscó como un caracol en su concha. La pócima de valeriana debió ser tan eficaz para mí como para ella, porque nada pasó, ni a ella ni a nadie. Pero no me importó. Me pregunté de qué servía despertarla, humillado y triste como me sentía, y frío como un lebranche.

Nítidas, ineluctables, sonaron entonces las campanadas de las doce de la noche, y empezó la madrugada del 29 de agosto, día del Martirio de San Juan Bautista. Alguien lloraba a gritos en la calle y nadie le hacía caso. Recé por él, si le hiciera falta, y también por mí, en acción de gracias por los beneficios recibidos: *No se engañe nadie, no, pensando que ha de durar lo que espera más que duró lo que vio.* La niña gimió en sueños, y recé también por ella: *Pues que todo ha de pasar por tal manera.* Después apagué el radio y la luz para dormir.

Desperté de madrugada sin recordar dónde estaba. La niña seguía dormida de espaldas a mí en posición fetal. Tuve la sensación indefinida de que la había sentido levantarse en la oscuridad, y de haber oído el desagüe del baño, pero lo mismo pudo ser un sueño. Fue algo nuevo para mí. Ignoraba las mañas de la seducción, y siempre había escogido al azar las novias de una noche más por el precio que por los encantos, y hacíamos amores sin amor, medio vestidos las más de las veces y siempre en la oscuridad para imaginarnos mejores. Aquella noche descubrí el placer inverosímil de contemplar el cuerpo de una mujer dormida sin los apremios del deseo o los estorbos del pudor.

Me levanté a las cinco, inquieto porque mi nota dominical debía estar en la mesa de redacción antes de las doce. Hice mi deposición puntual todavía con los ardores de la luna llena, y cuando solté la cadena del agua sentí que mis rencores del pasado se fueron por los albañales. Cuando volví fresco y vestido al dormitorio, la niña dormía bocarriba a la luz conciliadora del amanecer, atravesada de lado a lado en la cama, con los brazos abiertos en cruz y dueña absoluta de su virginidad. Que Dios te la guarde, le dije. Toda la plata que me quedaba, la suya y la mía, se la puse en la almohada, y me despedí por siempre jamás con un beso en la frente. La casa, como todo burdel al amanecer, era lo más cercano al paraíso. Salí por el portón del huerto para no encontrarme con nadie. Bajo el sol abrasante de la calle empecé a sentir el peso de mis noventa años, y a contar minuto a minuto los minutos de las noches que me hacían falta para morir.

2

Escribo esta memoria en lo poco que queda de la biblioteca que fue de mis padres, y cuyos anaqueles están a punto de desplomarse por la paciencia de las polillas. A fin de cuentas, para lo que me falta por hacer en este mundo me bastaría con mis diccionarios de todo género, con las dos primeras series de los *Episodios nacionales* de don Benito Pérez Galdós, y con *La montaña mágica*, que me enseñó a entender los humores de mi madre desnaturalizados por la tisis.

A diferencia de los otros muebles, y de mí mismo, el mesón en que escribo parece de mejor salud con el paso del tiempo, porque lo fabricó en maderas nobles mi abuelo paterno, que fue carpintero de buques. Aunque no tenga que escribir, lo aderezo todas las mañanas con el rigor ocioso que me ha hecho perder tantos amores. Al alcance de la mano tengo mis libros cómplices: los dos tomos del *Primer Diccionario Ilustrado* de la Real Academia, de 1903; el *Tesoro de la Lengua Castellana o Española* de don Sebastián de Covarrubias; la gramática de don Andrés Bello, por si hubiera alguna duda semántica, como es de rigor; el novedoso *Diccionario ideológico* de don Julio Casares, en especial por sus antónimos y sus sinónimos; el *Vocabolario della Lingua Italiana* de Nicola Zingarelli, para favorecerme con el idioma de mi madre, que aprendí desde la cuna, y el diccionario de latín, que por ser éste la madre de las otras dos lo considero mi lengua natal.

A la izquierda del escritorio mantengo siempre las cinco fojas de papel de hilo tamaño oficio para mi nota dominical, y el cuerno con polvo de carta que prefiero a la moderna almohadilla de papel secante. A la derecha están el calamaio y el palillero de balso liviano con la péndola de oro, pues todavía manuscribo con la letra romántica que me enseñó Florina de Dios para que no me hiciera a la caligrafía oficial de su esposo, que fue notario público y contador juramentado hasta su último aliento. Hace tiempo que se nos impuso en el periódico la orden de escribir a máquina para mejor cálculo del texto en el plomo del linotipo y mayor acierto en la armada, pero nunca me hice a este mal hábito. Seguí escribiendo a mano y transcribiendo en la máquina con un arduo picoteo de gallina, gracias al privilegio ingrato de ser el empleado más antiguo. Hoy, jubilado pero no vencido, gozo del privilegio sacro de escribir en casa, con el teléfono descolgado para que nadie me disturbe, y sin censor que aguaite lo que escribo por encima de mi hombro.

Vivo sin perros ni pájaros ni gente de servicio, salvo la fiel Damiana que me ha sacado de los apuros menos pensados, y sigue viniendo una vez por semana para lo que haya que hacer, aun como está, corta de vista y de cacumen. Mi madre en su lecho de muerte me suplicó que me casara joven con mujer blanca, que tuviéramos por lo menos tres hijos, y entre ellos una niña con su nombre, que había sido el de su madre y su abuela. Estuve pendiente de la súplica, pero tenía una idea tan flexible de la juventud que nunca me pareció demasiado tarde. Hasta un mediodía caluroso en que me equivoqué de puerta en la casa que tenían los Palomares de Castro en Pradomar, y sorprendí desnuda a Ximena Ortiz, la menor de las hijas, que hacía la siesta en la alcoba contigua. Estaba acostada de espaldas a la puerta, y se volvió a mirarme por encima del hombro con un gesto tan rápido que no me dio tiempo de escapar. Ay, perdón, alcancé a decir con el alma en la boca. Ella sonrió, se volteó hacia mí con un escorzo de gacela, y se me mostró de cuerpo entero. La estancia toda se sentía saturada de su intimidad. No estaba en vivas carnes, pues tenía en la oreja una flor ponzoñosa de pétalos anaranjados, como la *Olimpia* de Manet, y también llevaba una esclava de oro en el puño derecho y una gargantilla de perlas menudas. Nunca imaginé que pudiera ver algo más perturbador en lo que me faltaba de vida, y hoy puedo dar fe de que tuve razón.

Cerré la puerta de un golpe, avergonzado de mi torpeza, y con la determinación de olvidarla. Pero Ximena Ortiz me lo impidió. Me mandaba recados con amigas comunes, esquelas provocadoras, amenazas brutales, mientras se esparcía la voz de que estábamos locos de amor el uno por el otro sin que nos hubiéramos cruzado palabra. Fue imposible resistir. Tenía unos ojos de gata cimarrona, un cuerpo tan provocador con ropa como sin ella, y una cabellera frondosa de oro alborotado cuyo tufo de mujer me hacía llorar de rabia en la almohada. Sabía que nunca llegaría a ser amor, pero la atracción satánica que ejercía sobre mí era tan ardorosa que intentaba aliviarme con cuanta guaricha de ojos verdes me encontraba al paso. Nunca logré sofocar el fuego de su recuerdo en la cama de Pradomar, así que le entregué mis armas, con petición formal de mano, intercambio de anillos y anuncio de boda grande antes de Pentecostés.

La noticia estalló con más fuerza en el Barrio Chino que en los clubes sociales. Primero fue con burlas, pero se transformó en una contrariedad cierta de las académicas que veían el matrimonio como una situación más ridícula que sagrada. Mi noviazgo cumplió todos los ritos de la moral cristiana en la terraza de orquídeas amazónicas y helechos colgados de la casa de mi prometida. Llegaba a las siete de la noche, todo de lino blanco, y con cualquier regalo de abalorios artesanales o chocolates suizos, y hablábamos medio en clave y medio en serio hasta las diez, con la custodia de la tía Argénida, que se dormía al primer parpadeo como las chaperonas de las novelas de la época.

Ximena iba haciéndose más voraz cuanto mejor nos conocíamos, se aligeraba de corpiños y pollerines a medida que apretaban los bochornos de junio, y era fácil imaginarse el poder de demolición que debía tener en la penumbra. A los dos meses de noviazgo no teníamos de qué hablar, y ella planteó el tema de los hijos sin decirlo, tejiendo botitas en crochet de lana cruda para recién nacidos. Yo, novio gentil, aprendí a tejer con ella, y así se nos fueron las horas inútiles que faltaban para la boda, yo tejiendo las botitas azules para niños y ella tejiendo las rosadas para niñas, a ver quién acertaba, hasta que fueron bastantes para más de medio centenar de hijos. Antes de que dieran las diez me subía a un coche de caballos y me iba al Barrio Chino a vivir mi noche en la paz de Dios.

Los tempestuosos adioses de soltero que me hacían en el Barrio Chino iban en contravía de las veladas opresivas del Club Social. Contraste que a mí me sirvió para saber cuál de los dos mundos era en realidad el mío, y me hice la ilusión de que eran ambos pero cada uno a sus horas, pues desde cualquiera de los dos veía alejarse el otro con los suspiros desgarrados con que se separan dos barcos en altamar. El baile de la víspera en El Poder de Dios incluyó una ceremonia final que sólo podía ocurrírsele a un cura gallego encallado en la concupiscencia, que vistió a todo el personal femenino con velos y azahares, para que todas se casaran conmigo en un sacramento universal. Fue una noche de grandes sacrilegios en que veintidós de ellas prometieron amor y obediencia y les correspondí con fidelidad y sustento hasta el más allá de la tumba.

No pude dormir por el presagio de algo irremediable. Desde la madrugada empecé a contar el paso de las horas en el reloj de la catedral, hasta las siete campanadas temibles con que debía estar en la iglesia. El timbre del teléfono empezó a las ocho; largo, tenaz, impredecible, durante más de una hora. No sólo no contesté: no respiré. Poco antes de las diez llamaron a la puerta, primero con el puño, y luego con gritos de voces conocidas y abominadas. Temía que la derribaran por algún percance grave, pero hacia las once la casa quedó en el silencio erizado que sucede a las grandes catástrofes. Entonces lloré por ella y por mí, y recé de todo corazón para no encontrarme con ella nunca más en mis días. Algún santo me oyó a medias, pues Ximena Ortiz se fue del país esa misma noche y no volvió hasta unos veinte años después, bien casada y con los siete hijos que pudieron ser míos.

Trabajo me costó mantener mi puesto y mi columna en *El Diario de La Paz*, después de aquella afrenta social. Pero no fue por eso que relegaron mis notas a la página once, sino por el ímpetu ciego con que entró el siglo XX. El progreso se convirtió en el mito de la ciudad. Todo cambió; volaron los aviones y un hombre de empresa tiró un saco de cartas desde un Junker e inventó el correo aéreo.

Lo único que permaneció igual fueron mis notas en el periódico. Las nuevas generaciones arremetieron contra ellas, como contra una momia del pasado que debía ser demolida, pero yo las mantuve en el mismo tono, sin concesiones, contra los aires de renovación. Fui sordo a todo. Había cumplido cuarenta años, pero los redactores jóvenes la llamaban la Columna de Mudarra el Bastardo. El director de entonces me citó en su oficina para pedirme que me pusiera a tono con las nuevas corrientes. De un modo solemne, como si acabara de inventarlo, me dijo: El mundo avanza. Sí, le dije, avanza, pero dando vueltas alrededor del sol. Mantuvo mi nota dominical porque no habría encontrado otro inflador de cables. Hoy sé que tuve razón, y por qué. Los adolescentes de mi generación avorazados por la vida olvidaron en cuerpo y alma las ilusiones del porvenir, hasta que la realidad les enseñó que el futuro no era como lo soñaban, y descubrieron la nostalgia. Allí estaban mis notas dominicales, como una reliquia arqueológica entre los escombros del pasado, y se dieron cuenta de que no eran sólo para viejos sino para jóvenes que no tuvieran miedo de envejecer. La nota volvió entonces a la sección editorial, y en ocasiones especiales, a la primera página.

A quien me lo pregunta le contesto siempre con la verdad: las putas no me dejaron tiempo para ser casado. Sin embargo, debo reconocer que nunca tuve esta explicación hasta el día de mis noventa años, cuando salí de la casa de Rosa Cabarcas con la determinación de nunca más provocar al destino. Me sentía otro. El genio se me trastornó por la gente de tropa que vi apostada en las rejas de hierro que rodeaban el parque. Encontré a Damiana trapeando los pisos, a gatas en la sala, y la juventud de los muslos a su edad me suscitó un temblor de otra época. Ella debió sentirlo porque se cubrió con la falda. No pude reprimir la tentación de preguntarle: Dígame una cosa, Damiana: ¿de qué se acuerda? No estaba acordándome de nada, dijo ella, pero su pregunta me lo recuerda. Sentí una opresión en el pecho. Nunca me he enamorado, le dije. Ella replicó en el acto: Yo sí. Y terminó sin interrumpir su oficio: Lloré veintidós años por usted. El corazón me dio un salto. Buscando una salida digna, le dije: Hubiéramos sido una buena yunta. Pues hace mal en decírmelo ahora, dijo ella, porque ya no me sirve ni de consuelo. Cuando salía de la casa, me dijo del modo más natural: Usted no me creerá, pero sigo siendo virgen, a Dios gracias.

Poco después descubrí que había dejado floreros de rosas rojas por toda la casa, y una tarjeta en la almohada: *Le deseo que llegue a los sien.* Con este mal sabor me senté a continuar la nota que había dejado a medias el día anterior. La terminé con un solo aliento en menos de dos horas y tuve que torcerle el cuello al cisne para sacármela de las tripas sin que se me notara el llanto. Por un golpe de inspiración tardía decidí rematarla con el anuncio de que con ella ponía término feliz a una vida larga y digna sin la mala condición de morirme.

Mi propósito era dejarla en la portería del periódico y volver a casa. Pero no pude. El personal en pleno me esperaba para celebrarme el cumpleaños. El edificio estaba en obra, con andamios y escombros fríos por todas partes, pero habían parado la obra para la fiesta. En una mesa de carpintero estaban las bebidas para el brindis y las cuelgas envueltas en papel de fantasía. Aturdido por los relámpagos de las cámaras me hice con todas las fotos del recuerdo.

Me alegró encontrar allí a periodistas de radio y de los otros diarios de la ciudad: *La Prensa*, matutino conservador; *El Heraldo*, matutino liberal, y *El*

Nacional, vespertino sensacionalista que trataba de aliviar las tensiones del orden público con folletones pasionales. No era extraño que estuvieran juntos, pues dentro del espíritu de la ciudad fue siempre de buen recibo que se mantuvieran intactas las amistades de la tropa mientras los mariscales libraban la guerra editorial.

También estaba allí fuera de horas el censor oficial, don Jerónimo Ortega, a quien llamábamos el *Abominable Hombre de las Nueve* porque llegaba puntual a esa hora de la noche con su lápiz sangriento de sátrapa godo. Allí permanecía hasta asegurarse de que no hubiera una letra impune en la edición de mañana. Tenía una aversión personal contra mí, por mis ínfulas de gramático, o porque utilizaba palabras italianas sin comillas ni cursivas cuando me parecían más expresivas que en castellano, como debiera ser de uso legítimo entre lenguas siamesas. Después de padecerlo por cuatro años, habíamos terminado por aceptarlo como la mala conciencia de nosotros mismos.

Las secretarias llevaron al salón un pudín con noventa velas encendidas que me enfrentaron por primera vez al número de mis años. Tuve que tragarme las lágrimas cuando cantaron el brindis, y me acordé de la niña sin ningún motivo. No fue un golpe de rencor sino de compasión tardía por una criatura de la que no esperaba volver a acordarme. Cuando acabó de pasar el ángel alguien me había puesto un cuchillo en la mano para que cortara el pudín. Por temor a las burlas nadie se arriesgó a improvisar un discurso. Yo hubiera preferido morirme que contestarlo. Para terminar la fiesta, el jefe de redacción, por quien no tuve nunca gran simpatía, nos devolvió a la realidad inclemente. Ahora sí, ilustre nonagenario, me dijo: ¿Dónde está su nota?

La verdad es que toda la tarde la sentía ardiéndome como una brasa en el bolsillo, pero la emoción me había calado tan hondo que no tuve corazón para aguar la fiesta con mi renuncia. Dije: Por esta vez no hay. El jefe de redacción se disgustó por una falta que había sido inconcebible desde el siglo anterior. Entiéndalo por una vez, le dije, tuve una noche tan difícil que amanecí embrutecido. Pues debió escribir eso, dijo él con su humor de vinagre. A los lectores les gustará saber de primera mano cómo es la vida a los noventa. Una de las secretarias terció. A lo mejor es un secreto delicioso, dijo, y me miró con malicia: ¿O no? Una ráfaga ardiente me abrasó la cara. Maldita sea, pensé, qué desleal es el rubor. Otra, radiante, me señaló con el dedo. ¡Qué maravilla! Todavía le queda la elegancia de ruborizarse. Su impertinencia me provocó otro rubor encima del rubor. Debió ser una noche de ataque, dijo la primera secretaria: ¡Qué envidia! Y me dio un beso que me quedó pintado en la cara. Los fotógrafos se encarnizaron.

Ofuscado, le entregué la nota al jefe de redacción, y le dije que lo dicho antes era en broma, aquí la tiene, y escapé atolondrado por la última salva de aplausos, para no estar presente cuando descubrieran que era mi carta de renuncia al cabo de medio siglo de galeras.

La ansiedad me duraba todavía aquella noche cuando desenvolvía las cuelgas en mi casa. Los linotipistas desacertaron con una cafetera eléctrica igual a las tres que tenía de cumpleaños anteriores. Los tipógrafos me dieron una autorización para recoger un gato de angora en el criadero municipal. La gerencia me dio una bonificación simbólica. Las secretarias me regalaron tres calzoncillos de seda con huellas de besos estampados, y una tarjeta en la que se ofrecían para quitármelos. Se me ocurrió que uno de los encantos de la vejez son las provocaciones que se permiten las amigas jóvenes que nos creen fuera de servicio.

Nunca supe quién me mandó un disco con los veinticuatro preludios de Chopin por Stefan Askenase. Los redactores en su mayoría me regalaron libros de moda. No había terminado de desenvolver los regalos cuando Rosa Cabarcas me llamó por teléfono con la pregunta que yo no quería oír: ¿Qué te pasó con la niña? Nada, dije sin pensarlo. ¿Te parece nada que ni siquiera la despertaste?, dijo Rosa Cabarcas. Una mujer no perdona jamás que un hombre le desprecie el estreno. Le alegué que la niña no podía estar tan agotada sólo por pegar botones, y tal vez se hiciera la dormida por miedo del mal trance. Lo único grave, dijo Rosa, es que ella cree de verdad que ya no sirves, y no me gustaría que lo fuera pregonando a los cuatro vientos.

No le di el gusto de sorprenderme. Aunque así fuera, le dije, su estado es tan deplorable que no se puede contar con ella ni dormida ni despierta: es carne de hospital. Rosa Cabarcas bajó el tono: La culpa fue de las prisas con que se hizo el trato, pero tiene remedio, ya verás. Prometió poner a la niña en confesión, y si era el caso obligarla a devolver la plata, ¿qué te parece? Déjalo de ese tamaño, le dije, aquí no pasó nada, y en cambio me ha valido como una prueba de que ya no estoy para estos trotes. En ese sentido la niña tiene razón: ya no sirvo. Colgué el teléfono, saturado por un sentimiento de liberación que no había conocido en vida mía, y por fin a salvo de una servidumbre que me mantenía subyugado desde mis trece años.

A las siete de la noche fui invitado de honor al concierto de Jacques Thibault y Alfred Cortot en la sala de Bellas Artes, con una interpretación gloriosa de la sonata para violín y piano de César Frank, y en el intermedio escuché elogios inverosímiles. El maestro Pedro Biava, nuestro músico enorme, me llevó casi a rastras a los camerinos para presentarme a los intérpretes. Me ofusqué tanto que los felicité por una sonata de Schumann que no habían tocado, y alguien me corrigió en público de mala manera. La impresión de que había confundido las dos sonatas por ignorancia simple quedó sembrada en el ambiente local, y agravada por una explicación aturdida con que traté de remendarla el domingo siguiente en mi reseña crítica del concierto.

Por primera vez en mi larga vida me sentí capaz de matar a alguien. Volví a casa atormentado por el diablillo que sopla al oído las respuestas devastadoras que no dimos a tiempo, y ni la lectura ni la música mitigaron mi rabia. Por fortuna Rosa Cabarcas me sacó del desvarío con un grito en el teléfono: Estoy feliz con el periódico, porque no pensaba que cumplías noventa sino cien. Le contesté encrespado: ¿Así de jodido me viste? Al contrario, dijo ella, lo que me sorprendió fue verte tan bien. Qué bueno que no eres de los viejos verdes que se aumentan la edad para que los crean en buen estado. Y cambió sin transición: Te tengo tu cuelga. Me sorprendió de veras: ¿Qué es? La niña, dijo ella.

No me tomé ni un instante para pensar. Gracias, le dije, pero esa vaina es agua pasada. Ella siguió de largo: Te la mando a tu casa envuelta en papel de China y hervida con palo de sándalo al baño-maría, todo gratis. Me mantuve firme, y ella se debatió en una explicación pedregosa que me pareció sincera. Dijo que la niña estaba en tan mal estado aquel viernes por haber cosido doscientos botones con aguja y dedal. Que era verdad su miedo a las violaciones sangrientas, pero ya estaba instruida para el sacrificio. Que en su noche conmigo se había levantado para ir al baño, y que yo estaba tan profundo que le dio lástima despertarme, pero ya me había ido cuando volvió a despertar en la mañana. Me indigné con lo que me pareció una mentira inútil. Bueno, prosiguió Rosa Cabarcas, aun si así fuera, la niña está arrepentida. Pobrecita, la tengo aquí enfrente. ¿Quieres que te la pase? No, por Dios, le dije.

Había empezado a escribir cuando llamó la secretaria del periódico. El mensaje era que el director quería verme al día siguiente a las once de la mañana. Llegué puntual. El estruendo de la restauración de la casa no parecía soportable, el aire estaba enrarecido por los martillazos, el polvo de cemento y el humo de alquitrán, pero la redacción había aprendido a pensar en la rutina del caos. Las oficinas del director, en cambio, heladas y silentes, permanecían en un país ideal que no era el nuestro.

El tercer Marco Tulio, con un aire adolescente, se puso de pie al verme entrar, sin interrumpir una conversación telefónica, me estrechó la mano por encima del escritorio y me indicó que me sentara. Llegué a pensar que no había nadie en el otro extremo de la línea, y que él hacía la farsa para impresionarme, pero pronto descubrí que hablaba con el gobernador, y era en verdad un diálogo difícil entre enemigos cordiales. Además, creo que se esmeraba en parecer enérgico delante de mí, aunque al mismo tiempo se mantenía de pie mientras hablaba con la autoridad.

Se le notaba el vicio de la pulcritud. Acababa de cumplir veintinueve años con cuatro idiomas y tres maestrías internacionales, a diferencia del primer presidente vitalicio, su abuelo paterno, que se hizo periodista empírico después de hacer una fortuna con la trata de blancas. Tenía maneras fáciles, se pasaba de apuesto y sereno, y lo único que ponía en peligro su prestancia era una nota falsa en la voz. Llevaba una chaqueta deportiva con una orquídea viva en la solapa, y cada cosa le sentaba como si fuera de su ser natural, pero nada en él estaba hecho para el clima de la calle sino para la primavera de sus oficinas. Yo, que había gastado casi dos horas para vestirme, sentí el oprobio de la pobreza y me aumentó la rabia.

Con todo, el veneno mortal estaba en una foto panorámica del personal de planta tomada en el XXV aniversario de la fundación del periódico, en la que señalaban con una crucecita sobre la cabeza a los que iban muriendo. Yo era el tercero de la derecha, con el sombrero canotier, la corbata de nudo grande con una perla en el prendedor, el primer mostacho de coronel civil que tuve hasta los cuarenta años, y los espejuelos metálicos de seminarista que no me hicieron falta después del medio siglo. Había visto esa foto colgada durante años en distintas oficinas, pero sólo entonces fui sensible a su mensaje: de los cuarenta y ocho empleados originales sólo cuatro estábamos vivos, y el menor de nosotros cumplía una condena de veinte años por asesinato múltiple.

El director terminó la llamada, me sorprendió mirando la foto, y sonrió. Las crucecitas no las puse yo, dijo. Me parecen de muy mal gusto. Se sentó al escritorio y cambió de tono: Permítame decirle que usted es el hombre más impredecible que he conocido. Y ante mi sorpresa, se adelantó a todo: Lo digo por su renuncia. Apenas acerté a decir: Es toda una vida. Él replicó que justo por eso no era una solución pertinente. La nota le parecía magnífica, y todo lo que decía de la vejez era de lo mejor que había leído nunca, y no tenía sentido terminarla con una decisión que parecía más bien una muerte civil. Por fortuna, dijo, el *Abominable Hombre de las Nueve* la leyó cuando ya estaba armada la página editorial, y le pareció inadmisible. Sin consultarlo con nadie la tachó de arriba abajo con su lápiz de Torquemada. Cuando lo supe esta mañana ordené mandar una nota de protesta a la Gobernación. Era mi deber, pero entre nos, puedo decirle que estoy muy agradecido por la arbitrariedad del censor. De modo que no estaba dispuesto a aceptar que suspendiera la nota. Se lo suplico con toda el alma, dijo. No abandone el barco en altamar. Y concluyó con un gran estilo: Todavía nos queda mucho por hablar de música.

Lo vi tan decidido, que no me atreví a agravar la discrepancia con un argumento de distracción. El problema, en realidad, era que tampoco entonces encontraba un motivo decente para abandonar la noria, y me aterrorizó la idea de decirle que sí una vez más sólo por ganar tiempo. Tuve que reprimirme para que no se me notara la emoción impúdica que me apremiaba las lágrimas. Y otra vez, como siempre, quedamos en las mismas de siempre después de tantos años.

La semana siguiente, presa de un estado que era más de confusión que de alegría, pasé por el criadero a recoger el gato que me habían regalado los impresores. Tengo muy mala química con los animales, por lo mismo que la tengo con los niños antes de que empiecen a hablar. Me parecen mudos del alma. No los odio, pero no puedo soportarlos porque no aprendí a negociar con ellos. Me parece contra natura que un hombre se entienda mejor con su perro que con su esposa, que lo enseñe a comer y descomer a sus horas, a contestar preguntas y a compartir sus penas. Pero no recoger el gato de los tipógrafos habría sido un desaire. Además, era un precioso ejemplar de angora, de pelambre rosada y tersa y ojos iluminados, cuyos maullidos parecían a punto de ser palabras. Me lo dieron en una canasta de mimbre con un certificado de su estirpe y un manual de uso como el de las bicicletas para armar.

Una patrulla militar verificaba la identidad de los transeúntes antes de autorizar el paso por el parque de San Nicolás. Nunca había visto nada igual ni podía imaginarme nada más descorazonador como síntoma de mi vejez. Era una patrulla de cuatro, al mando de un oficial casi adolescente. Los agentes eran hombres de páramos, duros y callados con un olor de establo. El oficial los vigilaba a todos con las mejillas chapeadas de los andinos en la playa. Después de revisar mi cédula de identidad y mi credencial de prensa me preguntó qué llevaba en la cesta. Un gato, le dije. Él quiso verlo. Destapé la cesta con toda precaución por temor de que escapara, pero un agente quiso ver si no había algo más en el fondo, y el gato le tiró un zarpazo. El oficial se interpuso. Es una joya de angora, dijo. Lo acarició mientras murmuraba algo, y el gato no lo agredió pero tampoco le hizo caso. ¿Cuántos años tiene?, preguntó. No sé, le dije, acaban de regalármelo. Se lo pregunto porque se ve que es muy viejo, diez años, quizás. Quise preguntarle cómo lo sabía, y muchas cosas más, pero a despecho de sus buenas maneras y su habla florida no me sentía con estómago para hablar con él. Me parece que es un gato abandonado que ha pasado por muchas, dijo. Obsérvelo, no lo acomode a usted sino al contrario, usted a él, y déjelo, hasta que se gane su confianza. Cerró la tapa de la cesta, y me preguntó: ¿En qué trabaja usted? Soy periodista. ¿Desde cuándo? Desde hace un siglo, le dije. No lo dudo, dijo él. Me estrechó la mano y se despidió con una frase que lo mismo podía ser un buen consejo que una amenaza:

—Cuídese mucho.

Al mediodía desconecté el teléfono para refugiarme en la música con un programa exquisito: la rapsodia para clarinete y orquesta de Wagner, la de saxofón de Debussy y el quinteto para cuerdas de Bruckner, que es un remanso edénico en el cataclismo de su obra. Y de pronto me encontré envuelto en las tinieblas del estudio. Sentí deslizarse debajo de mi mesa algo que no me pareció un cuerpo vivo sino una presencia sobrenatural que me rozó los pies, y salté con un grito. Era el gato con la hermosa cola empenachada, su lentitud misteriosa y su estirpe mítica, y no pude evitar el calofrío de estar solo en la casa con un ser vivo que no fuera humano.

Cuando dieron las siete en la catedral, había una estrella sola y límpida en el cielo color de rosas, un buque lanzó un adiós desconsolado, y sentí en la garganta el nudo gordiano de todos los amores que pudieron haber sido y no fueron. No soporté más. Descolgué el teléfono con el corazón en la boca, marqué los cuatro números muy despacio para no equivocarme, y al tercer timbrazo reconocí la voz. Bueno, mujer, le dije con un suspiro de alivio: Perdóname el berrinche de esta mañana. Ella, tranquila: No te preocupes, estaba esperando tu llamada. Le advertí: Quiero que la niña me espere como Dios la echó al mundo y sin barnices en la cara. Ella hizo su risa gutural. Lo que tú digas, dijo, pero te pierdes el gusto de encuerarla pieza por pieza, como les encanta a los viejos, no sé por qué. Yo sí sé, le dije: Porque se están volviendo cada vez más viejos. Ella lo dio por hecho.

—Está bien —dijo—, entonces esta noche a las diez en punto, antes de que se enfríe la pescada.

3

¿Cómo podía llamarse? La dueña no me lo había dicho. Cuando me hablaba de ella sólo decía: la niña. Y yo lo había convertido en un nombre de pila, como la niña de los ojos o la carabela menor. Además, Rosa Cabarcas ponía a sus pupilas un nombre distinto para cada cliente. A mí me divertía adivinarlos por las caras, y desde el principio estuve seguro de que la niña tenía uno largo, como Filomena, Saturnina o Nicolasa. En ésas estaba cuando ella se dio media vuelta en la cama y quedó de espaldas a mí, y me pareció que había dejado un charco de sangre del tamaño y la forma del cuerpo. Fue un sobresalto instantáneo hasta que comprobé que era la humedad del sudor en la sábana.

Rosa Cabarcas me había aconsejado que la tratara con cautela, pues aún le duraba el susto de la primera vez. Es más: creo que la misma solemnidad del rito le había agravado el miedo y habían tenido que aumentarle la dosis de valeriana, pues dormía con tal placidez que habría sido una lástima despertarla sin arrullos. De modo que empecé a secarla con la toalla mientras le cantaba en susurros la canción de Delgadina, la hija menor del rey, requerida de amores por su padre. A medida que la secaba ella iba mostrándome los flancos sudados al compás de mi canto: *Delgadina, Delgadina, tú serás mi prenda amada.* Fue un placer sin límites pues ella volvía a sudar por un costado cuando acababa de secarla por el otro, para que la canción no terminara nunca. *Levántate, Delgadina, ponte tu falda de seda,* le cantaba al oído. Al final, cuando los criados del rey la encontraron muerta de sed en su cama, me pareció que mi niña había estado a punto de despertar al escuchar el nombre. Así que era ella: Delgadina.

Volví a la cama con mis calzoncillos de besos estampados y me tendí junto a ella. Dormí hasta las cinco al arrullo de su respiración apacible. Me vestí a toda prisa sin lavarme, y sólo entonces vi la sentencia escrita con lápiz labial en el espejo del lavabo: *El tigre no come lejos.* Sé que no estaba la noche anterior y nadie podía haber entrado en el cuarto, de modo que la entendí como la cuelga del diablo. Un trueno terrorífico me sorprendió en la puerta, y el cuarto se llenó del olor premonitorio de la tierra mojada. No tuve tiempo para escapar ileso. Antes de que encontrara un taxi se precipitó un aguacero grande, de los que suelen desordenar la ciudad entre mayo y octubre, pues las calles de arenas ardientes que bajan hacia el río se convierten en torrenteras que arrastran cuanto encuentran a su paso. Las aguas de aquel septiembre raro, después de tres meses de sequía, podían ser tan providenciales como devastadoras.

Desde que abrí la puerta de casa me salió al encuentro la sensación física de que no estaba solo. Alcancé a ver el celaje del gato que saltó del sofá y se escabulló por el balcón. En su plato quedaban las sobras de una comida que yo no le había servido. La peste de sus orines rancios y su caca caliente habían contaminado todo. Me había dedicado a estudiarlo como estudié el latín. El manual decía que los gatos escarban en la tierra para esconder su estiércol, y que en las casas sin patio, como ésta, lo harían en las macetas de plantas, o en cualquier otro escondrijo. Lo apropiado era prepararles desde el primer día una caja con arena para orientarles el hábito, y así lo hice. También decía que lo primero que hacen en casa nueva es marcar su territorio orinando por todas partes, y aquél pudo ser el caso, pero el manual no decía cómo remediarlo. Seguía sus trazas para familiarizarme con sus hábitos originales, pero no di con sus escondites secretos, sus sitios de reposo, las causas de sus humores volubles. Quise enseñarlo a comer en sus horas, a usar la cajita de arena en la terraza, a no subirse en mi cama mientras yo dormía ni a olisquear los alimentos en la mesa, y no pude hacerle entender que la casa era suya por derecho propio y no como un botín de guerra. De modo que lo dejé a su aire.

Al atardecer enfrenté el aguacero, cuyos vientos huracanados amenazaban con desquiciar la casa. Sufrí un ataque de estornudos sucesivos, me dolía el cráneo y tenía fiebre, pero me sentía poseído por una fuerza y una determinación que nunca tuve a ninguna edad y por ninguna causa. Puse calderos en el piso para recoger las goteras, y me di cuenta de que habían aparecido otras nuevas desde el invierno anterior. La más grande había empezado a inundar el flanco derecho de la biblioteca. Me apresuré a rescatar a los autores griegos y latinos que vivían por aquel rumbo, pero al quitar los libros encontré un chorro de alta presión que salía de un tubo roto en el fondo del muro. Lo amordacé con trapos hasta donde pude para darme el tiempo de salvar los libros. El estrépito del agua y el aullido del viento arreciaron en el parque. De pronto, un relámpago fantasmal y su trueno simultáneo impregnaron el aire de un fuerte olor de azufre, el viento desbarató las vidrieras del balcón y la tremenda borrasca de mar rompió los cerrojos y se metió dentro de la casa. Sin embargo, antes de diez minutos escampó de un tajo. Un sol espléndido secó las calles llenas de escombros varados, y volvió el calor.

Cuando pasó el aguacero seguía con la sensación de que no estaba solo en la casa. Mi única explicación es que así como los hechos reales se olvidan, también algunos que nunca fueron pueden estar en los recuerdos como si hubieran sido. Pues si evocaba la emergencia del aguacero no me veía a mí mismo solo en la casa sino siempre acompañado por Delgadina. La había sentido tan cerca en la noche que percibía el rumor de su aliento en el dormitorio, y los latidos de su mejilla en mi almohada. Sólo así entendí que hubiéramos podido hacer tanto en tan poco tiempo. Me recordaba subido en el escabel de la biblioteca y la recordaba a ella despierta con su trajecito de flores recibiendo los libros para ponerlos a salvo. La veía correr de un lado al otro de la casa batallando con la tormenta, empapada de lluvia con el agua a los tobillos. Recordaba cómo preparó al día siguiente un desayuno que nunca fue, y puso la mesa mientras yo secaba los pisos y ponía orden en el naufragio de la casa. Nunca olvidé su mirada sombría mientras desayunábamos: ¿Por qué me conociste tan viejo? Le contesté la verdad: La edad no es la que uno tiene sino la que uno siente.

Desde entonces la tuve en la memoria con tal nitidez que hacía de ella lo que quería. Le cambiaba el color de los ojos según mi estado de ánimo: color de agua al despertar, color de almíbar cuando reía, color de lumbre cuando la contrariaba. La vestía para la edad y la condición que convenían a mis cambios de humor: novicia enamorada a los veinte años, puta de salón a los cuarenta, reina de Babilonia a los setenta, santa a los cien. Cantábamos duetos de amor de Puccini, boleros de Agustín Lara, tangos de Carlos Gardel, y comprobábamos una vez más que quienes no cantan no pueden imaginar siquiera lo que es la felicidad de cantar. Hoy sé que no fue una alucinación, sino un milagro más del primer amor de mi vida a los noventa años.

Cuando la casa estuvo en orden llamé a Rosa Cabarcas. ¡Dios Santo!, exclamó al oír mi voz, creí que te habías ahogado. No podía entender que hubiera vuelto a pasar la noche con la niña sin tocarla. Tienes todo el derecho de que no te guste, pero al menos pórtate como un adulto. Traté de explicarle, pero ella cambió el tema sin transición: De todos modos te tengo vista otra un poco mayor, bella y también virgen. Su papá quiere cambiarla por una casa, pero se puede discutir un descuento. Se me heló el corazón. Ni más faltaba, protesté asustado, quiero la misma, y como siempre, sin fracasos, sin peleas, sin malos recuerdos. Hubo un silencio en la línea, y por fin la voz sumisa con que dijo como para sí misma: Bueno, esto debe ser lo que los médicos llaman demencia senil.

Fui a las diez de la noche con un chofer conocido por la extraña virtud de no hacer preguntas.

Llevé un ventilador portátil y un cuadro de Orlando Rivera, el querido *Figurita*, y un martillo y un clavo para colgarlo. En el camino hice una parada para comprar cepillos de dientes, pasta dentífrica, jabón de olor, Agua de Florida, tabletas de regaliz. Quise llevar también un buen florero y un ramo de rosas amarillas para conjurar la pava de las flores de papel, pero no encontré nada abierto y tuve que robarme en un jardín privado un ramo de astromelias recién nacidas.

Por instrucciones de la dueña llegué desde entonces por la calle de atrás, del lado del acueducto, para que nadie me viera entrar por el portón del huerto. El chofer me previno: Cuidado, sabio, en esa casa matan. Le contesté: Si es por amor no importa. El patio estaba en tinieblas, pero había luces de vida en las ventanas y un revoltijo de músicas en los seis cuartos. En el mío, a volumen más alto, distinguí la voz cálida de don Pedro Vargas, el tenor de América, con un bolero de Miguel Matamoros. Sentí que iba a morir. Empujé la puerta con la respiración desbaratada y vi a Delgadina en la cama como en mis recuerdos: desnuda y dormida en santa paz del lado del corazón.

Antes de acostarme arreglé el tocador, puse el ventilador nuevo en lugar del oxidado, y colgué el cuadro donde ella pudiera verlo desde la cama. Me acosté a su lado y la reconocí palmo a palmo. Era la misma que andaba por mi casa: las mismas manos que me reconocían al tacto en la oscuridad, los mismos pies de pasos tenues que se confundían con los del gato, el mismo olor del sudor de mis sábanas, el dedo del dedal. Increíble: viéndola y tocándola en carne y hueso, me parecía menos real que en mis recuerdos.

Hay un cuadro en la pared de enfrente, le dije. Lo pintó *Figurita*, un hombre a quien quisimos mucho, el mejor bailarín de burdeles que existió jamás, y de tan buen corazón que le tenía lástima al diablo. Lo pintó con barniz de buques en el lienzo chamuscado de un avión que se estrelló en la Sierra Nevada de Santa Marta y con pinceles fabricados por él con pelos de su perro. La mujer pintada es una monja que secuestró de un convento y se casó con ella. Aquí lo dejo, para que sea lo primero que veas al despertar.

No había cambiado de posición cuando apagué la luz, a la una de la madrugada, y su respiración era tan tenue que le tomé el pulso para sentirla viva. La sangre circulaba por sus venas con la fluidez de una canción que se ramificaba hasta los ámbitos más recónditos de su cuerpo y volvía al corazón purificada por el amor.

Antes de irme al amanecer dibujé en un papel las líneas de su mano, y se las di a leer a la Diva Sahibí para conocer su alma. Y fue así: una persona que sólo dice lo que piensa. Es perfecta para trabajos manuales. Tiene contacto con alguien que ya murió, y del cual espera ayuda, pero está equivocada: la ayuda que busca está al alcance de su mano. No ha tenido ninguna unión, pero va a morir mayor y casada. Ahora tiene un hombre moreno, que no ha de ser el de su vida. Puede tener ocho hijos, pero se va a decidir sólo por tres. A los treinta y cinco años, si hace lo que le indique el corazón y no la mente, va a manejar mucho dinero, y a los cuarenta recibirá una herencia. Va a viajar mucho. Tiene doble vida y doble suerte, y puede influir sobre su propio destino. Le gusta probar todo, por curiosidad, pero va a arrepentirse si no se orienta por el corazón.

Atormentado de amor hice reparar los estragos de la borrasca, y aproveché para hacer otros muchos remiendos que venía demorando desde años por insolvencia o por desidia. Reorganicé la biblioteca, en el orden en que había leído los libros. Por último rematé la pianola como reliquia histórica con sus más de cien rollos de clásicos, y compré un tocadiscos usado pero mejor que el mío, con parlantes de alta fidelidad que engrandecieron el ámbito de la casa. Quedé al borde de la ruina pero bien compensado por el milagro de estar vivo a mi edad.

La casa renacía de sus cenizas y yo navegaba en el amor de Delgadina con una intensidad y una dicha que nunca conocí en mi vida anterior. Gracias a ella me enfrenté por vez primera con mi ser natural mientras transcurrían mis noventa años. Descubrí que mi obsesión de que cada cosa estuviera en su puesto, cada asunto en su tiempo, cada palabra en su estilo, no era el premio merecido de una mente en orden, sino al contrario, todo un sistema de simulación inventado por mí para ocultar el desorden de mi naturaleza. Descubrí que no soy disciplinado por virtud, sino como reacción contra mi negligencia; que parezco generoso por encubrir mi mezquindad, que me paso de prudente por mal pensado, que soy conciliador para no sucumbir a mis cóleras reprimidas, que sólo soy puntual para que no se sepa cuán poco me importa el tiempo ajeno. Descubrí, en fin, que el amor no es un estado del alma sino un signo del zodíaco.

Me volví otro. Traté de releer los clásicos que me orientaron en la adolescencia, y no pude con ellos. Me sumergí en las letras románticas que repudié cuando mi madre quiso imponérmelas con mano dura, y por ellas tomé conciencia de que la fuerza invencible que ha impulsado al mundo no son los amores felices sino los contrariados. Cuando mis gustos en música hicieron crisis me descubrí atrasado y viejo, y abrí mi corazón a las delicias del azar.

Me pregunto cómo pude sucumbir en este vértigo perpetuo que yo mismo provocaba y temía. Flotaba entre nubes erráticas y hablaba conmigo mismo ante el espejo con la vana ilusión de averiguar quién soy. Era tal mi desvarío, que en una manifestación estudiantil con piedras y botellas, tuve que sacar fuerzas de flaqueza para no ponerme al frente con un letrero que consagrara mi verdad: *Estoy loco de amor.*

Obnubilado por la evocación inclemente de Delgadina dormida, cambié sin la menor malicia el espíritu de mis notas dominicales. Fuera cual fuera el asunto las escribía para ella, las reía y las lloraba para ella, y en cada palabra se me iba la vida. En lugar de la fórmula de gacetilla tradicional que tuvieron desde siempre, las escribí como cartas de amor que cada quien podía hacer suyas. Propuse en el periódico que el texto no se alzara en linotipo sino que fuera publicado con mi caligrafía florentina. Al jefe de redacción, cómo no, le pareció otro acceso de vanidad senil, pero el director general lo convenció con una frase que todavía anda suelta por la redacción:

—No se equivoque: los loquitos mansos se adelantan al porvenir.

La respuesta pública fue inmediata y entusiasta, con numerosas cartas de lectores enamorados. Algunas las leían en los noticieros de radio con urgencias de última hora, y se hicieron copias en mimeógrafos o papel carbón, que vendían como cigarrillos de contrabando en las esquinas de la calle San Blas. Desde el principio fue evidente que obedecían a las ansias de expresarme, pero me hice a la costumbre de tomarlas en cuenta al escribir, y siempre con la voz de un hombre de noventa años que no aprendió a pensar como viejo. La comunidad intelectual, como de sólito, se mostró timorata y dividida, y hasta los grafólogos menos pensados montaron controversias por los análisis erráticos de mi caligrafía. Fueron ellos los que dividieron los ánimos, recalentaron la polémica y pusieron de moda la nostalgia.

Antes del fin del año me había arreglado con Rosa Cabarcas para dejar en el cuarto el abanico eléctrico, los recursos del tocador y lo que siguiera llevando en el futuro para hacerlo vivible. Llegaba a las diez, siempre con algo nuevo para ella, o para gusto de ambos, y dedicaba unos minutos a sacar la utilería escondida para armar el teatro de nuestras noches. Antes de irme, nunca más tarde de las cinco, volvía a asegurar todo bajo llave. La alcoba quedaba entonces tan escuálida como fue en sus orígenes para los amores tristes de los clientes casuales. Una mañana oí que Marcos Pérez, la voz más escuchada de la radio desde el amanecer, había decidido leer mi nota dominical en su noticiero de los lunes. Cuando pude reprimir la náusea dije sobrecogido: Ya lo sabes, Delgadina, la fama es una señora muy gorda que no duerme con uno, pero cuando uno despierta está siempre mirándonos frente a la cama.

Uno de esos días me quedé a desayunar con Rosa Cabarcas, que empezaba a parecerme menos decrépita a pesar del luto severo y del bonete negro que ya le tapaba las cejas. Sus desayunos tenían fama de espléndidos, con una carga de pimienta que me hacía llorar. Al primer bocado de fuego vivo le dije bañado en lágrimas: Esta noche no me hará falta la luna llena para que me arda el culo. No te quejes, dijo ella. Si te arde es porque todavía lo tienes, a Dios gracias.

Se sorprendió cuando mencioné el nombre de Delgadina. No se llama así, dijo, se llama. No me lo digas, la interrumpí, para mí es Delgadina. Ella se encogió de hombros: Bueno, al fin y al cabo es tuya, pero me parece un nombre de diurético. Le conté lo del letrero del tigre que la niña había escrito en el espejo. No pudo ser ella, dijo Rosa, porque no sabe leer ni escribir. ¿Entonces quién? Ella se encogió de hombros: Puede ser de alguien que se murió en el cuarto.

Yo aprovechaba aquellos desayunos para desahogarme con Rosa Cabarcas y le pedía favores mínimos para el bienestar y el buen ver de Delgadina. Me los concedía sin pensarlo con una picardía de colegiala. ¡Qué risa!, me dijo por aquellos días. Me siento como si me estuvieras pidiendo su mano. Y a propósito, se le ocurrió, ¿por qué no te casas con ella? Me quedé de una pieza. En serio, insistió, te sale más barato. Al fin y al cabo, el problema a tu edad es servir o no servir, pero ya me dijiste que lo tienes resuelto. Le salí al paso: El sexo es el consuelo que uno tiene cuando no le alcanza el amor.

Ella soltó la risa: Ay, mi sabio, siempre supe que eres muy hombre, que siempre lo fuiste, y me alegra que lo sigas siendo mientras tus enemigos entregan las armas. Con razón se habla tanto de ti. ¿Oíste a Marcos Pérez? Todo el mundo lo oye, le dije, para cortar el tema. Pero ella insistió: También el profesor Camacho y Cano, en *La hora de todo un poco*, dijo ayer que el mundo ya no es lo que era porque no quedan muchos hombres como tú.

Aquel fin de semana encontré a Delgadina con fiebre y tos. Desperté a Rosa Cabarcas para que me diera algún remedio casero, y me llevó al cuarto un botiquín de primeros auxilios. Dos días después Delgadina seguía postrada, y no había podido volver a su rutina de pegar botones. El médico le había prescrito un tratamiento casero para una gripa común que cedería en una semana, pero se alarmó por su estado general de desnutrición. Dejé de verla, y sentí que me hacía falta, y aproveché para arreglar el cuarto sin ella.

Llevé también un dibujo a pluma de Cecilia Porras para *Todos estábamos a la espera*, el libro de cuentos de Álvaro Cepeda. Llevé los seis tomos de *Juan Cristóbal*, de Romain Rolland, para pastorear mis vigilias. De modo que cuando Delgadina pudo volver a la habitación la encontró digna de una felicidad sedentaria: el aire purificado con un insecticida aromático, paredes color de rosa, lámparas matizadas, flores nuevas en los floreros, mis libros favoritos, los buenos cuadros de mi madre colgados de otro modo, según los gustos de hoy. Había cambiado el viejo radio por uno de onda corta que mantenía sintonizado en un programa de música culta, para que Delgadina aprendiera a dormir con los cuartetos de Mozart, pero una noche lo encontré en una estación especializada en boleros de moda. Era el gusto de ella, sin duda, y lo asumí sin dolor, pues también yo lo había cultivado con el corazón en mis mejores días. Antes de volver a casa al día siguiente escribí en el espejo con el lápiz de labios: *Niña mía, estamos solos en el mundo.*

Por esa época tuve la rara impresión de que se estaba volviendo mayor antes de tiempo. Se lo comenté a Rosa Cabarcas, y a ella le pareció natural. Cumple quince años el cinco de diciembre, me dijo. Una Sagitario perfecta. Me inquietó que fuera tan real como para cumplir años. ¿Qué podría regalarle? Una bicicleta, dijo Rosa Cabarcas. Tiene que atravesar la ciudad dos veces al día para ir a pegar botones. Me mostró en la trastienda la bicicleta que usaba, y de verdad me pareció un cacharro indigno de una mujer tan bien amada. Sin embargo, me conmovió como la prueba tangible de que Delgadina existía en la vida real.

Cuando fui a comprar la mejor bicicleta para ella no pude resistir la tentación de probarla y di algunas vueltas casuales en la rampa del almacén. Al vendedor que me preguntó la edad le contesté con la coquetería de la vejez: Voy a cumplir noventa y uno. El empleado dijo justo lo que yo quería: Pues representa veinte menos. Yo mismo no entendía cómo conservaba la práctica del colegio, y me sentí colmado por un gozo radiante. Empecé a cantar. Primero para mí mismo, en voz baja, y después a todo pecho con ínfulas del gran Caruso, por entre los bazares abigarrados y el tráfico demente del mercado público. La gente me miraba divertida, me gritaban, me incitaban a participar en la Vuelta a Colombia en silla de ruedas. Yo les hacía con la mano un saludo de navegante feliz sin interrumpir la canción. Esa semana, en homenaje a diciembre, escribí otra nota atrevida: *Cómo ser feliz en bicicleta a los noventa años.*

La noche de su cumpleaños le canté a Delgadina la canción completa, y la besé por todo el cuerpo hasta quedarme sin aliento: la espina dorsal, vértebra por vértebra, hasta las nalgas lánguidas, el costado del lunar, el de su corazón inagotable. A medida que la besaba aumentaba el calor de su cuerpo y exhalaba una fragancia montuna. Ella me respondió con vibraciones nuevas en cada pulgada de su piel, y en cada una encontré un calor distinto, un sabor propio, un gemido nuevo, y toda ella resonó por dentro con un arpegio y sus pezones se abrieron en flor sin tocarlos. Empezaba a adormecerme en la madrugada cuando sentí como un rumor de muchedumbres en el mar y un pánico de los árboles que me atravesaron el corazón. Entonces fui al baño y escribí en el espejo: *Delgadina de mi vida, llegaron las brisas de Navidad.*

Uno de mis recuerdos más felices fue un trastorno que sentí una mañana como aquélla al salir de la escuela. ¿Qué me pasa? La maestra me dijo alelada: Ay, niño, ¿no ves que son las brisas? Ochenta años después volví a sentirlo cuando me desperté en la cama de Delgadina, y era el mismo diciembre que volvía puntual con sus cielos diáfanos, las tormentas de arena, los torbellinos callejeros que desentechaban casas y les alzaban las faldas a las colegialas. La ciudad adquiría por entonces una resonancia fantasmal. En noches de brisa podían escucharse los gritos del mercado público hasta en los barrios más altos, como si estuvieran a la vuelta de la esquina. No era raro entonces que las ráfagas de diciembre nos permitieran encontrar por sus voces a los amigos desperdigados en burdeles remotos.

Sin embargo, también con las brisas me llegó la mala noticia de que Delgadina no podía pasar las navidades conmigo sino con su familia. Si algo detesto en este mundo son las fiestas obligatorias en que la gente llora porque está alegre, los fuegos de artificio, los villancicos lelos, las guirnaldas de papel crespón que nada tienen que ver con un niño que nació hace dos mil años en una caballeriza indigente. Sin embargo, cuando llegó la noche no pude resistir la nostalgia y me fui al cuarto sin ella. Dormí bien, y desperté junto a un oso de peluche que caminaba en dos patas como si fuera polar, y una tarjeta que decía: *Para el papá feo.* Rosa Cabarcas me había dicho que Delgadina estaba aprendiendo a leer con mis clases escritas en el espejo, y su buena letra me pareció admirable. Pero ella misma me defraudó con la noticia peor de que el oso era un regalo suyo, así que la noche de Año Nuevo me quedé en mi casa y en mi cama desde las ocho, y me dormí sin amarguras. Fui feliz, porque al toque de las doce, entre los repiques furiosos de las campanas, las sirenas de fábricas y bomberos, los lamentos de los buques, las descargas de pólvora, los cohetes, sentí que Delgadina entró en punta de pies, se acostó a mi lado, y me dio un beso. Tan real, que me quedó en la boca su olor de regaliz.

4

A principios del nuevo año empezábamos a cono-
cernos como si viviéramos juntos y despiertos,
pues yo había encontrado un tono de voz cautelo-
so que ella oía sin despertar, y me contestaba con
un lenguaje natural del cuerpo. Sus estados de ánimo se le notaban en el modo de dormir. De ex-
hausta y montaraz que había sido al principio, fue
haciéndose a una paz interior que embellecía su
rostro y enriquecía su sueño. Le contaba mi vida,
le leía al oído los borradores de mis notas dominicales en las que estaba ella sin decirlo, y sólo ella.

Por esa época le dejé en la almohada unos zar-
cillos de esmeraldas que fueron de mi madre. Los
llevó puestos en la cita siguiente y no le lucían. Le
llevé después unos pendientes más adecuados para
el color de su piel. Le expliqué: Los primeros que
te traje no te quedaban bien por tu tipo y el corte
del cabello. Éstos te irán mejor. No llevó ninguno
en las dos citas siguientes, pero a la tercera se puso

los que le había indicado. Así empecé a entender que no obedecía a mis órdenes, pero aguardaba la ocasión para complacerme. Por esos días me sentí tan habituado a aquel género de vida doméstica, que no seguí durmiendo desnudo sino que llevé las piyamas de seda china que había dejado de usar por no tener para quién quitármelas.

Empecé a leerle *El principito* de Saint-Exupéry, un autor francés que el mundo entero admira más que los franceses. Fue el primero que la entretuvo sin despertarla, hasta el punto de que tuve que ir dos días continuos para acabar de leérselo. Seguimos con los *Cuentos* de Perrault, la *Historia sagrada, Las mil y una noches* en una versión desinfectada para niños, y por las diferencias entre uno y otro me di cuenta de que su sueño tenía diversos grados de profundidad según su interés por las lecturas. Cuando sentía que había tocado fondo apagaba la luz y me dormía abrazado a ella hasta que cantaban los gallos.

Me sentía tan feliz, que la besaba en los párpados, muy suave, y una noche ocurrió como una luz en el cielo: sonrió por primera vez. Más tarde, sin ningún motivo, se revolvió en la cama, me dio la espalda, y dijo disgustada: Fue Isabel la que hizo llorar a los caracoles. Exaltado por la ilusión de un diálogo, le pregunté en el mismo tono: ¿De quién eran? No contestó. Su voz tenía un rastro plebeyo, como si no fuera suya sino de alguien ajeno que llevaba dentro. Toda sombra de duda desapareció entonces de mi alma: la prefería dormida.

Mi único problema era el gato. Estaba inapetente y huraño y llevaba dos días sin levantar cabeza en su rincón habitual, y me tiró un zarpazo de fiera herida cuando quise ponerlo en su canasto de mimbre para que Damiana lo llevara con el veterinario. Apenas logró someterlo, y se lo llevó pataleando dentro de un saco de fique. Al cabo de un rato me llamó desde el criadero para decirme que no había más remedio que sacrificarlo, y necesitaban mi orden. ¿Por qué? Porque ya está muy viejo, dijo Damiana. Pensé con rabia que a mí también podían asarme vivo en un horno de gatos. Me sentí inerme entre dos fuegos: no había aprendido a querer el gato, pero tampoco tenía corazón para ordenar que lo mataran sólo porque era viejo. ¿Dónde lo decía el manual?

El incidente me conmocionó tanto, que escribí una nota para el domingo con un título usurpado a Neruda: *¿Es el gato un mínimo tigre de salón?* La nota dio origen a una nueva campaña que otra vez dividió a los lectores en favor y en contra de los gatos. En cinco días prevaleció la tesis de que podía ser lícito sacrificar un gato por razones de salud pública, pero no porque estuviera viejo.

Después de la muerte de mi madre me desvelaba el terror de que alguien me tocara mientras dormía. Una noche la sentí, pero su voz me devolvió el sosiego: *Figlio mio poveretto*. Volví a sentirlo una madrugada en el cuarto de Delgadina, y me retorcí de gozo creyendo que ella me había tocado. Pero no: era Rosa Cabarcas en la oscuridad. Vístete y ven conmigo, me dijo, tengo un problema serio.

Así era, y más serio de lo que pude imaginar. A uno de los clientes grandes de la casa lo habían asesinado a puñaladas en el primer cuarto del pabellón. El asesino había escapado. El cadáver enorme, desnudo, pero con los zapatos puestos, tenía una palidez de pollo al vapor en la cama empapada de sangre. Lo reconocí de entrada: era J.M.B., un banquero grande, famoso por su apostura, su simpatía y su buen vestir, y sobre todo por la pulcritud de su hogar. Tenía en el cuello dos heridas moradas como labios y una zanja en el vientre que no había acabado de sangrar. Todavía no empezaba el rigor. Más que sus heridas me impresionó que tenía un preservativo puesto y al parecer sin usar en el sexo desmirriado por la muerte.

Rosa Cabarcas no sabía con quién iba, porque también él tenía el privilegio de entrar por el portón del huerto. No se descartaba la sospecha de que su pareja fuera otro hombre. Lo único que la dueña quería de mí era que la ayudara a vestir el cadáver. Estaba tan segura, que me inquietó la idea de que la muerte fuera para ella un asunto de cocina. No hay nada más difícil que vestir a un muerto, le dije. Lo he hecho a pasto de Dios, replicó ella. Es fácil si alguien me lo sostiene. Le hice ver: ¿Te imaginas quién va a creer en un cuerpo tasajeado a cuchilladas dentro de un vestido intacto de caballero inglés?

Temblé por Delgadina. Lo mejor será que te la lleves tú, me dijo Rosa Cabarcas. Primero muerto, le dije con la saliva helada. Ella lo percibió y no pudo ocultar su desdén: ¡Estás temblando! Por ella, dije, aunque sólo era verdad a medias. Avísale que se vaya antes de que llegue nadie. De acuerdo, dijo ella, aunque a ti como periodista no te pasará nada. Ni a ti tampoco, le dije con cierto rencor. Eres el único liberal que manda en este gobierno.

La ciudad, codiciada por su naturaleza pacífica y su seguridad congénita, arrastraba la desgracia de un asesinato escandaloso y atroz cada año. Aquél no lo fue. La noticia oficial en titulares excesivos y parca en detalles decía que al joven banquero lo habían asaltado y muerto a cuchilladas en la carretera de Pradomar por motivos incomprensibles. No tenía enemigos. El comunicado del gobierno señalaba como presuntos asesinos a refugiados del interior del país, que estaban desatando una oleada de delincuencia común extraña al espíritu cívico de la población. En las primeras horas hubo más de cincuenta detenidos.

Acudí escandalizado con el redactor judicial, un periodista típico de los años veinte, con visera de celuloide verde y ligas en las mangas, que presumía de anticiparse a los hechos. Sin embargo, sólo conocía unas hilachas sueltas del crimen, y yo se las completé hasta donde me fue prudente. Así escribimos cinco cuartillas a cuatro manos para una noticia de ocho columnas en primera página atribuida al fantasma eterno de las fuentes que nos merecen entero crédito. Pero al *Abominable Hombre de las Nueve* –el censor– no le tembló el pulso para imponer la versión oficial de que había sido un asalto de bandoleros liberales. Yo me lavé la conciencia con un ceño de pesadumbre en el entierro más cínico y concurrido del siglo.

Cuando regresé a casa aquella noche llamé a Rosa Cabarcas para averiguar qué había pasado con Delgadina, pero no contestó el teléfono en cuatro días. Al quinto fui a su casa con los dientes apretados. Las puertas estaban selladas, pero no por la policía sino por la Sanidad. Nadie en el vecindario daba noticias de nada. Sin ningún indicio de Delgadina, me di a una búsqueda encarnizada y a veces ridícula que me dejó acezante. Pasé días enteros observando a las jóvenes ciclistas desde los escaños de un parque polvoriento donde los niños jugaban a encaramarse en la estatua descascarada de Simón Bolívar. Pasaban pedaleando como venadas; bellas, disponibles, listas para ser atrapadas a la gallina ciega. Cuando se me acabó la esperanza me refugié en la paz de los boleros. Fue como un bebedizo emponzoñado: cada palabra era ella. Siempre había necesitado el silencio para escribir porque mi mente atendía más a la música que a la escritura. Entonces fue al revés: sólo pude escribir a la sombra de los boleros. Mi vida se llenó de ella. Las notas que escribí aquellas dos semanas fueron modelos en clave para cartas de amor. El jefe de redacción, contrariado con la avalancha de respuestas, me pidió que moderara el amor mientras pensábamos cómo consolar a tantos lectores enamorados.

La falta de sosiego acabó con el rigor de mis días. Despertaba a las cinco, pero me quedaba en la penumbra del cuarto imaginando a Delgadina en su vida irreal de levantar a sus hermanos, vestirlos para la escuela, darles el desayuno, si lo había, y atravesar la ciudad en bicicleta para cumplir la condena de coser botones. Me pregunté asombrado: ¿Qué piensa una mujer mientras pega un botón? ¿Pensaba en mí? ¿También ella buscaba a Rosa Cabarcas para dar conmigo? Pasé hasta una semana sin quitarme el mameluco de mecánico ni de día ni de noche, sin bañarme, sin afeitarme, sin cepillarme los dientes, porque el amor me enseñó demasiado tarde que uno se arregla para alguien, se viste y se perfuma para alguien, y yo nunca había tenido para quién. Damiana creyó que estaba enfermo cuando me encontró desnudo en la hamaca a las diez de la mañana. La vi con los ojos turbios de la codicia y la invité a revolcarnos desnudos. Ella, con un desprecio, me dijo:

—¿Ya pensó lo que va a hacer si le digo que sí?

Así supe hasta qué punto me había corrompido el sufrimiento. No me reconocía a mí mismo en mi dolor de adolescente. No volví a salir de la casa por no descuidar el teléfono. Escribía sin descolgarlo, y al primer timbrazo le saltaba encima pensando que pudiera ser Rosa Cabarcas. Interrumpía a cada rato lo que estuviera haciendo para llamarla, e insistí días enteros hasta comprender que era un teléfono sin corazón.

Al volver a casa una tarde de lluvia encontré el gato enroscado en la escalinata del portón. Estaba sucio y maltrecho, y con una mansedumbre de lástima. El manual me hizo ver que estaba enfermo y seguí sus normas para alentarlo. De golpe, mientras descabezaba un sueñecito de siesta, me despabiló la idea de que pudiera conducirme a la casa de Delgadina. Lo llevé en una bolsa de mercado hasta la tienda de Rosa Cabarcas, que seguía sellada y sin indicios de vida, pero se revolvió en el talego con tanto ímpetu que logró escapar, saltó la tapia del huerto y desapareció entre los árboles. Toqué al portón con el puño, y una voz militar preguntó sin abrir: ¿Quién vive? Gente de paz, dije yo para no ser menos. Ando en pos de la dueña. No hay dueña, dijo la voz. Por lo menos ábrame para coger el gato, insistí. No hay gato, dijo. Pregunté: ¿Quién es usted?

—Nadie —dijo la voz.

Siempre había entendido que morirse de amor no era más que una licencia poética. Aquella tarde, de regreso a casa otra vez sin el gato y sin ella, comprobé que no sólo era posible morirse, sino que yo mismo, viejo y sin nadie, estaba muriéndome de amor. Pero también me di cuenta de que era válida la verdad contraria: no habría cambiado por nada del mundo las delicias de mi pesadumbre. Había perdido más de quince años tratando de traducir los cantos de Leopardi, y sólo aquella tarde los sentí a fondo: *Ay de mí, si es amor, cuánto atormenta.*

Mi entrada al periódico en mameluco y mal afeitado despertó ciertas dudas sobre mi estado mental. La casa remodelada, con cabinas individuales de vidrio y luces cenitales, parecía una clínica de maternidad. El clima artificial callado y confortable invitaba a hablar en susurros y caminar en puntillas. En el vestíbulo, como virreyes muertos, estaban los retratos al óleo de los tres directores vitalicios y las fotografías de visitantes ilustres. La enorme sala principal estaba presidida por la fotografía gigantesca de la redacción actual tomada la tarde de mi cumpleaños. No pude evitar la comparación mental con la otra de mis treinta años, y una vez más comprobé con horror que se envejece más y peor en los retratos que en la realidad. La secretaria que me había besado la tarde del cumpleaños me preguntó si estaba enfermo. Fui feliz de contestarle la verdad para que no la creyera: Enfermo de amor. Ella dijo: ¡Lástima que no sea por mí! Yo le correspondí el cumplido: No esté tan segura.

El redactor judicial salió de su cabina gritando que había dos cadáveres de muchachas sin identificar en el anfiteatro municipal. Le pregunté asustado: ¿De qué edad? Jóvenes, dijo él. Pueden ser refugiadas del interior perseguidas hasta aquí por matones del régimen. Respiré aliviado. La situación nos invade en silencio como una mancha de sangre, dije. El redactor judicial, ya lejos, gritó:

—De sangre no, maestro, de mierda.

Algo peor me ocurrió días después, cuando una muchacha instantánea con una canasta igual a la del gato pasó como un escalofrío frente a la librería Mundo. La perseguí a codazos por entre la muchedumbre en el fragor de las doce del día. Era muy bella, de trancos largos y con una fluidez para abrirse camino entre el gentío que me costó trabajo alcanzarla. Por fin la rebasé y la miré de frente. Ella me apartó con la mano sin detenerse ni pedir perdón. No era la que creía, pero su altivez me dolió como si lo fuera. Comprendí entonces que no sería capaz de reconocer a Delgadina despierta y vestida, ni ella podía saber quién era yo si nunca me había visto. En un acto de locura tejí durante tres días doce pares de zapatitos azules y rosados para recién nacidos, tratando de darme valor para no escuchar, ni cantar, ni recordar las canciones que me recordaban a ella.

La verdad era que no podía con mi alma, y empezaba a tomar conciencia de la vejez por mis flaquezas frente al amor. Una prueba todavía más dramática la tuve cuando un autobús de servicio público arrolló una ciclista en el puro centro comercial. Acababan de llevársela en una ambulancia y la magnitud de la tragedia se apreciaba por el estado de chatarra en que quedó la bicicleta sobre un charco de sangre viva. Pero mi impresión no fue tanta por los destrozos de la bicicleta como por la marca, el modelo y el color. No podía ser otra que la que yo mismo le había regalado a Delgadina.

Los testigos coincidieron en que la ciclista herida era muy joven, alta y delgada, y con el cabello corto y rizado. Aturdido, tomé el primer taxi que pasó, y me hice llevar al hospital de Caridad, un viejo edificio de muros ocres que parecía una cárcel encallada en un arenal. Necesité media hora para entrar, y otra más para salir de un patio fragante de árboles frutales donde una mujer atribulada se me atravesó en el camino, me miró a los ojos y exclamó:

—Yo soy la que no buscas.

Sólo entonces recordé que era allí donde vivían en libertad los internos mansos del manicomio municipal. Tuve que identificarme como periodista ante la dirección del hospital para que un enfermero me condujera al pabellón de urgencias. En el cuaderno de ingresos estaban los datos: Rosalba Ríos, dieciséis años, sin oficio conocido. Diagnóstico: conmoción cerebral. Pronóstico: reservado. Pregunté al jefe del pabellón si podía verla, con la esperanza íntima de que me dijeran que no, pero me llevaron encantados por si quería escribir sobre el estado de abandono del hospital.

Atravesamos una sala abigarrada con un fuerte olor de ácido fénico y los enfermos apelotonados en las camas. Al fondo, en un cuarto solo, tendida en una camilla metálica, estaba la que buscábamos. Tenía el cráneo cubierto de vendas, la cara indescifrable, gonfia y amoratada, pero me bastó con verle los pies para saber que no era. Sólo entonces se me ocurrió preguntarme: ¿Qué habría hecho yo si hubiera sido ella?

Todavía enredado en las telarañas de la noche tuve el valor de ir el día siguiente a la fábrica de camisas donde Rosa Cabarcas había dicho alguna vez que trabajaba la niña, y le pedí al propietario que nos mostrara sus instalaciones como modelo para un proyecto continental de las Naciones Unidas. Era un libanés paquidérmico y taciturno, que nos abrió las puertas de su reino con la ilusión de ser un ejemplo universal.

Trescientas jóvenes de blusas blancas con la ceniza del miércoles en la frente cosían botones en la vasta nave iluminada. Cuando nos vieron entrar se irguieron como colegialas y nos observaron de reojo mientras el gerente explicaba sus aportes al arte inmemorial de pegar botones. Yo escrutaba las caras de cada una, con el pavor de descubrir a Delgadina vestida y despierta. Pero fue una de ellas la que me descubrió a mí con la mirada temible de la admiración sin clemencia:

—Dígame, señor: ¿no es usted el que escribe las cartas de amor en el periódico?

Nunca me hubiera imaginado que una niña dormida pudiera causar en uno semejantes estragos. Escapé de la fábrica sin despedirme ni pensar siquiera si alguna de aquellas vírgenes de purgatorio era por fin la que buscaba. Cuando salí de ahí, el único sentimiento que me quedaba en la vida eran las ganas de llorar.

Rosa Cabarcas llamó al cabo de un mes con una explicación increíble: se había tomado un merecido descanso en Cartagena de Indias, después del asesinato del banquero. No le creí, desde luego, pero la felicité por su suerte y la dejé explayarse en su mentira antes de hacerle la pregunta que me borboritaba en el corazón:

—¿Y ella?

Rosa Cabarcas hizo un silencio largo. Ahí está, dijo al fin, pero su voz se hizo evasiva: Hay que esperar un tiempo. ¿Cuánto? Ni idea, ya te avisaré. Sentí que se me iba y la paré en seco: Espérate, dame alguna luz. No hay luz, dijo ella, y concluyó: Ten cuidado, puedes perjudicarte tú, y sobre todo, perjudicarla a ella. Yo no estaba para esa clase de remilgos. Le supliqué aunque fuera una oportunidad de acercarme a la verdad. Al fin y al cabo, le dije, somos cómplices. Ella no dio un paso más. Cálmate, me dijo, la niña está bien y esperando que la llame, pero ahora mismo no hay nada que hacer ni voy a decir nada más. Adiós.

Me quedé con el teléfono en la mano sin saber por dónde seguir, pues también la conocía bastante para pensar que no conseguiría nada de ella si no era por las buenas. Después del mediodía me di una vuelta furtiva por su casa, más confiado en la casualidad que en la razón, y la encontré todavía cerrada y con los sellos de la Sanidad. Pensé que Rosa Cabarcas me había telefoneado de otra parte, tal vez de otra ciudad, y la sola idea me llenó de presagios turbios. No obstante, a las seis de la tarde, cuando menos lo esperaba, me soltó por teléfono mi propio santo y seña:

—Bueno, ahora sí.

A las diez de la noche, tembloroso y con los labios mordidos para no llorar, fui cargado de cajas de chocolates suizos, turrones y caramelos, y una canasta de rosas ardientes para cubrir la cama. La puerta estaba entreabierta, las luces encendidas y en el radio se diluía a medio volumen la sonata número uno para violín y piano de Brahms. Delgadina en la cama estaba tan radiante y distinta que me costó trabajo reconocerla.

Había crecido, pero no se le notaba en la estatura sino en una madurez intensa que la hacía parecer con dos o tres años más, y más desnuda que nunca. Sus pómulos altos, la piel tostada por soles de mar bravo, los labios finos y el cabello corto y rizado le infundían a su rostro el resplandor andrógino del *Apolo* de Praxíteles. Pero no había equívoco posible, porque sus senos habían crecido hasta el punto de que no me cabían en la mano, sus caderas habían acabado de formarse y sus huesos se habían vuelto más firmes y armónicos. Me encantaron aquellos aciertos de la naturaleza, pero me aturdieron los artificios: las pestañas postizas, las uñas de las manos y los pies esmaltadas de nácar, y un perfume de a dos cuartillos que no tenía nada que ver con el amor. Sin embargo, lo que me sacó de quicio fue la fortuna que llevaba encima: pendientes de oro con gajos de esmeraldas, un collar de perlas naturales, una pulsera de oro con resplandores de diamantes, y anillos con piedras legítimas en todos los dedos. En la silla estaba su traje de nochera con lentejuelas y bordados, y las zapatillas de raso. Un vapor raro me subió de las entrañas.

—¡Puta! —grité.

Pues el diablo me sopló en el oído un pensamiento siniestro. Y fue así: la noche del crimen Rosa Cabarcas no debió tener tiempo ni serenidad para prevenir a la niña, y la policía la encontró en el cuarto, sola, menor de edad y sin coartada. Nadie igual a Rosa Cabarcas para una situación como aquélla: le vendió la virginidad de la niña a alguno de sus grandes cacaos a cambio de que a ella la sacaran limpia del crimen. Lo primero, claro, fue desaparecer mientras se aplacaba el escándalo. ¡Qué maravilla! Una luna de miel para tres, ellos dos en la cama, y Rosa Cabarcas en una terraza de lujo disfrutando de su impunidad feliz. Ciego de una furia insensata, fui reventando contra las paredes cada cosa del cuarto: las lámparas, el radio, el ventilador, los espejos, las jarras, los vasos. Lo hice sin prisa, pero sin pausas, con un grande estropicio y una embriaguez metódica que me salvó la vida. La niña dio un salto al primer estallido, pero no me miró sino que se enroscó de espaldas a mí, y así permaneció con espasmos entrecortados hasta que cesó el estropicio. Las gallinas en el patio y los perros de la madrugada aumentaron el escándalo. Con la cegadora lucidez de la cólera tuve la inspiración final de prenderle fuego a la casa, cuando apareció en la puerta la figura impasible de Rosa Cabarcas en camisa de dormir. No dijo nada. Hizo con la vista el inventario del desastre, y comprobó que la niña estaba enroscada sobre sí misma como un caracol y con la cabeza escondida entre los brazos: aterrada pero intacta.

—¡Dios mío! —exclamó Rosa Cabarcas—. ¡Qué no hubiera dado yo por un amor como éste!

Me midió de cuerpo entero con una mirada de misericordia, y me ordenó: Vamos. La seguí hasta la casa, me sirvió un vaso de agua en silencio, me hizo una seña de que me sentara frente a ella, y me puso en confesión. Bueno, me dijo, ahora pórtate como un adulto, y cuéntame: ¿qué te pasa?

Le conté con lo que tenía como mi verdad revelada. Rosa Cabarcas me escuchó en silencio, sin asombro, y por fin pareció iluminada. Qué maravilla, dijo. Siempre he dicho que los celos saben más que la verdad. Y entonces me contó la realidad sin reservas. En efecto, dijo, en su ofuscación de la noche del crimen, se había olvidado de la niña dormida en el cuarto. Uno de sus clientes, abogado del muerto, además, repartió prebendas y sobornos a cuatro manos, e invitó a Rosa Cabarcas a un hotel de reposo de Cartagena de Indias, mientras se disipaba el escándalo. Créeme, dijo Rosa Cabarcas, que en todo este tiempo no dejé de pensar ni un momento en ti y en la niña. Volví antier y lo primero que hice fue llamarte por teléfono, pero nadie contestó. En cambio la niña vino enseguida, y en tan mal estado que te la bañé, te la vestí y te la mandé al salón de belleza con la orden de que la arreglaran como una reina. Ya viste cómo: perfecta. ¿La ropa de lujo? Son los trajes que les alquilo a mis pupilas más pobres cuando tienen que ir a bailar con sus clientes. ¿Las joyas? Son las mías, dijo: Basta con tocarlas para darse cuenta de que son diamantes de vidrio y estoperoles de hojalata. De modo que no jodas, concluyó: Anda, despiértala, pídele perdón, y hazte cargo de ella de una vez. Nadie merece ser más feliz que ustedes.

Hice un esfuerzo sobrenatural para creerle, pero pudo más el amor que la razón. ¡Putas!, le dije, atormentado por el fuego vivo que me abrasaba las entrañas. ¡Eso es lo que son ustedes!, grité: ¡Putas de mierda! No quiero saber nada más de ti, ni de ninguna otra guaricha en el mundo, y menos de ella. Le hice desde la puerta una señal de adiós para siempre. Rosa Cabarcas no lo dudó.

—Vete con Dios —me dijo con un rictus de tristeza, y volvió a su vida real—. De todos modos te pasaré la cuenta del desmadre que me hiciste en el cuarto.

5

Leyendo *Los idus de marzo* encontré una frase siniestra que el autor atribuye a Julio César: *Es imposible no terminar siendo como los otros creen que uno es.* No pude comprobar su verdadero origen en la propia obra de Julio César ni en las obras de sus biógrafos, desde Suetonio hasta Carcopino, pero valió la pena conocerla. Su fatalismo aplicado al curso de mi vida en los meses siguientes fue lo que me dio la determinación que me hacía falta no sólo para escribir esta memoria, sino para empezarla sin pudores con el amor de Delgadina.

No tenía un instante de sosiego, apenas si probaba bocado y perdí tanto peso que no se me tenían los pantalones en la cintura. Los dolores erráticos se me quedaron en los huesos, cambiaba de ánimo sin razón, pasaba las noches en un estado de deslumbramiento que no me permitía leer ni escuchar música, y en cambio se me iba el día cabeceando por una somnolencia sonsa que no servía para dormir.

El alivio me cayó del cielo. En la atestada góndola de Loma Fresca una vecina de asiento que no había visto subir me susurró al oído: ¿Todavía tiras? Era Casilda Armenta, un viejo amor de a tres por cinco que me había soportado como cliente asiduo desde que era una adolescente altiva. Una vez retirada, medio enferma y sin un clavo, se había casado con un hortelano chino que le dio nombre y apoyo, y quizás un poco de amor. A los setenta y tres años tenía el peso de siempre, seguía bella y de carácter fuerte, y conservaba intacto el desparpajo del oficio.

Me llevó a su casa, una huerta de chinos en una colina de la carretera al mar. Nos sentamos en las sillas de playa de la terraza umbría, entre helechos y frondas de astromelias, y jaulas de pájaros colgadas en el alero. En la falda de la colina se veían los hortelanos chinos con sombreros de cono sembrando las hortalizas bajo el sol abrasante, y el piélago gris de las Bocas de Ceniza con los dos tajamares de rocas que canalizan el río varias leguas en el mar. Mientras conversábamos vimos entrar un trasatlántico blanco por la desembocadura y lo seguimos callados hasta oír su bramido de toro lúgubre en el puerto fluvial. Ella suspiró. ¿Te das cuenta? En más de medio siglo es la primera vez que no te recibo la visita en la cama. Ya somos otros, dije. Ella prosiguió sin oírme: Cada vez que dicen cosas de ti en el radio, que te elogian por el cariño que te tiene la gente y te llaman maestro del amor, imagínate, pienso que nadie te conoció tus gracias y tus mañas tan bien como yo. En serio, dijo, nadie hubiera podido soportarte mejor.

No resistí más. Ella lo sintió, vio mis ojos húmedos de lágrimas, y sólo entonces debió descubrir que ya no era el que fui y le sostuve la mirada con un valor del que nunca me creí capaz. Es que me estoy volviendo viejo, le dije. Ya lo estamos, suspiró ella. Lo que pasa es que uno no lo siente por dentro, pero desde fuera todo el mundo lo ve.

Era imposible no abrirle el corazón, así que le conté la historia completa que me ardía en las entrañas, desde mi primera llamada a Rosa Cabarcas la víspera de mis noventa años, hasta la noche trágica en que hice añicos el cuarto y no regresé más. Ella me oyó el desahogo como si estuviera viviéndolo, lo rumió muy despacio, y por fin sonrió.

—Haz lo que quieras, pero no pierdas a esa criatura —me dijo—. No hay peor desgracia que morir solo.

Fuimos a Puerto Colombia en el trenecito de juguete tan despacioso como un caballo. Almorzamos frente al muelle de maderas carcomidas por donde había entrado el mundo entero al país antes que se dragaran las Bocas de Ceniza. Nos sentamos bajo un cobertizo de palma, donde las grandes matronas negras servían pargos fritos con arroz de coco y tajadas de plátano verde. Dormitamos en el sopor denso de las dos, y seguimos conversando hasta que se hundió en el mar el inmenso sol de candela. La realidad me parecía fantástica. Mira adónde ha venido a dar nuestra luna de miel, se burló ella. Pero prosiguió en serio: Hoy miro para atrás, veo la fila de miles de hombres que pasaron por mis camas, y daría el alma por haberme quedado aunque fuera con el peor. Gracias a Dios, encontré mi chino a tiempo. Es como estar casada con el dedo meñique, pero es sólo mío.

Me miró a los ojos, midió mi reacción a lo que acababa de contarme, y me dijo: Así que vete a buscar ahora mismo a esa pobre criatura aunque sea verdad lo que te dicen los celos, sea como sea, que lo bailado no te lo quita nadie. Pero eso sí, sin romanticismos de abuelo. Despiértala, tíratela hasta por las orejas con esa pinga de burro con que te premió el diablo por tu cobardía y tu mezquindad. En serio, terminó con el alma: no te vayas a morir sin probar la maravilla de tirar con amor.

El pulso me temblaba al día siguiente cuando marqué el número del teléfono. Tanto por la tensión del reencuentro con Delgadina, como por la incertidumbre de la forma en que Rosa Cabarcas me respondiera. Habíamos tenido una disputa seria por el abuso con que tasó los destrozos que hice en su cuarto. Tuve que vender uno de los cuadros más amados de mi madre, cuyo valor se calculaba en una fortuna, pero a la hora de la verdad no llegó a un décimo de mis ilusiones. Aumenté la suma con el resto de mis ahorros y se la llevé a Rosa Cabarcas con una consigna inapelable: Lo tomas o lo dejas. Fue un acto suicida, porque sólo con vender uno de mis secretos ella habría aniquilado mi buen nombre. Pero no respingó, sino que se quedó con los cuadros que había tomado en prenda la noche del pleito. Fui el perdedor absoluto en una sola jugada: me quedé sin Delgadina, sin Rosa Cabarcas y sin mis últimos ahorros. Sin embargo, oí el timbre del teléfono una vez, dos veces, tres, y por fin ella: ¿A ver? No me salió la voz. Colgué. Me eché en la hamaca, tratando de serenarme con la lírica ascética de Satie, y sudé tanto que el lienzo quedó empapado. Hasta el día siguiente no tuve el valor de llamar.

—Bueno, mujer —dije con voz firme—. Hoy sí.

Rosa Cabarcas, cómo no, estaba más allá de todo. Ay, mi sabio triste, suspiró con su ánimo invencible, te pierdes dos meses y sólo vuelves para pedir ilusiones. Me contó que no había visto a Delgadina desde hacía más de un mes, que parecía tan repuesta del susto de mis estropicios que ni siquiera habló de ellos ni preguntó por mí, y estaba muy contenta en un nuevo empleo, más cómodo y mejor pagado que coser botones. Una oleada de fuego vivo me quemó las entrañas. Sólo puede ser de puta, dije. Rosa me replicó sin pestañear: No seas bruto, si así fuera estaría aquí. ¿O dónde podría estar mejor? La rapidez de su lógica me agravó la duda: ¿Y cómo sé que no está ahí? En ese caso, replicó ella, lo que más te conviene es no saberlo. ¿O no? Una vez más la odié. Ella, a prueba de erosiones, prometió rastrear a la niña. Sin muchas esperanzas, porque el teléfono de la vecina donde la llamaba seguía cortado y no tenía la menor idea de dónde vivía. Pero no era para echarse a morir, qué carajo, dijo, te llamo en una hora.

Fue una hora de tres días, pero encontró a la niña disponible y sana. Volví avergonzado, y la besé palmo a palmo, como penitencia, desde las doce de la noche hasta que cantaron los gallos. Un perdón largo que me prometí seguir repitiendo para siempre y fue como empezar otra vez por el principio. El cuarto había sido desmantelado, y el mal uso había acabado con todo lo que yo había puesto. Ella lo había dejado así, y me dijo que cualquier mejora tenía que hacerla yo por lo que estaba debiéndole. Sin embargo, mi situación económica tocaba fondo. El dinero de las jubilaciones alcanzaba cada vez para menos. Las pocas cosas vendibles que quedaban en la casa —salvo las joyas sagradas de mi madre— carecían de valor comercial y nada era bastante viejo para ser antiguo. En tiempos mejores, el gobernador me había hecho la oferta tentadora de comprarme en bloque los libros de los clásicos griegos, latinos y españoles para la Biblioteca Departamental, pero no tuve corazón para venderlos. Después, con los cambios políticos y el deterioro del mundo, nadie del gobierno pensaba en las artes ni las letras. Cansado de buscar una solución decente, me eché al bolsillo las joyas que Delgadina me había devuelto, y me fui a empeñarlas en un callejón siniestro que conducía al mercado público. Con aires de sabio distraído recorrí varias veces aquel tugurio atiborrado de cantinas de mala muerte, librerías de viejo y casas de empeño, pero la dignidad de Florina de Dios me cerró el paso: no me atreví. Entonces decidí venderlas con la frente en alto a la joyería más antigua y acreditada.

El dependiente me hizo algunas preguntas mientras examinaba las joyas con su monóculo. Tenía la conducta, el estilo y el pavor de un médico. Le expliqué que eran joyas heredadas de mi madre. Él aprobaba con un gruñido cada una de mis explicaciones, y por fin se quitó el monóculo.

—Lo siento —dijo—, pero son culos de botellas.

Ante mi sorpresa, me explicó con una suave conmiseración: Menos mal que el oro es oro y el platino es platino. Me toqué el bolsillo para asegurarme de que llevaba las facturas de compra, y dije sin resabios:

—Pues fueron compradas en esta noble casa hace más de cien años.

Él no se inmutó. Suele suceder, dijo, que en las joyas hereditarias vayan desapareciendo las piedras más valiosas con el paso del tiempo; sustituidas por díscolos de la familia, o por joyeros bandidos, y sólo cuando alguien trata de venderlas se descubre el fraude. Pero permítame un segundo, dijo, y se llevó las joyas por la puerta del fondo. Al cabo de un momento regresó, y sin explicación alguna me indicó que me sentara en la silla de espera, y siguió trabajando.

Examiné la tienda. Había ido con mi madre varias veces, y recordaba una frase recurrente: *No se lo digas a tu papá*. De pronto se me ocurrió una idea que me crispó: ¿no sería que Rosa Cabarcas y Delgadina, de común acuerdo, habían vendido las piedras legítimas y me devolvieron las joyas con las piedras falsas?

Estaba ardiendo en dudas cuando una secretaria me invitó a seguirla por la misma puerta del fondo, hasta una oficina pequeña, con una larga estantería de gruesos volúmenes. Un beduino colosal se levantó en el escritorio del fondo y me estrechó la mano tuteándome con una efusión de viejo amigo. Hicimos juntos el bachillerato, me dijo, a modo de saludo. Me fue fácil recordarlo: era el mejor futbolista de la escuela y campeón de nuestros primeros burdeles. Había dejado de verlo en algún momento incierto, y debió verme tan decrépito que me confundió con un condiscípulo de su infancia.

Sobre el cristal del escritorio tenía abierto uno de los mamotretos del archivo donde estaba la memoria de las joyas de mi madre. Una relación exacta, con fechas y detalles de que ella en persona había hecho cambiar las piedras de dos generaciones de hermosas y dignas Cargamantos, y había vendido las legítimas a la misma tienda. Esto había ocurrido cuando el padre del propietario actual estaba al frente de la joyería, y él y yo en la escuela. Pero él mismo me tranquilizó: aquellas triquiñuelas eran de uso corriente entre las grandes familias en desgracia, para resolver urgencias de plata sin sacrificar el honor. Ante la realidad cruda, preferí conservarlas como recuerdo de otra Florina de Dios que nunca conocí.

A principios de julio sentí la distancia real de la muerte. Mi corazón perdió el paso y empecé a ver y sentir por todos lados los presagios inequívocos del final. El más nítido fue en el concierto de Bellas Artes. El aire acondicionado había fallado y la flor y nata de las artes y las letras se cocinaban al bañomaría en el salón abarrotado, pero la magia de la música era un clima celestial. Al final, con el *Allegretto poco mosso*, me estremeció la revelación deslumbrante de que estaba escuchando el último concierto que me deparaba el destino antes de morir. No sentí dolor ni miedo sino la emoción arrasadora de haber alcanzado a vivirlo.

Cuando por fin logré abrirme camino empapado de sudor a través de los abrazos y las fotos, me encontré de manos a boca con Ximena Ortiz, como una diosa de cien años en la silla de ruedas. Su sola presencia se me imponía como un pecado mortal. Tenía una túnica de seda color marfil, tan tersa como su piel, un hilo de perlas legítimas de tres vueltas, el cabello color de nácar cortado a la moda de los veintes con una punta de ala de gaviota en la mejilla, y los grandes ojos amarillos iluminados por la sombra natural de las ojeras. Todo en ella contradecía el rumor de que su mente estaba quedándose en blanco por la erosión irredimible de la memoria. Petrificado y sin recursos frente a ella, me sobrepuse al vaho de fuego que me subió a la cara, y la saludé en silencio con una venia versallesca. Ella sonrió como una reina, y me agarró la mano. Entonces me di cuenta de que también aquello era una coartada del destino, y no la perdí, para sacarme una espina que me estorbaba desde siempre. He soñado durante años con este momento, le dije. Ella no pareció entender. ¡No me digas!, dijo. ¿Y tú quién eres? No supe nunca si en verdad lo había olvidado o si fue la venganza final de su vida.

La certidumbre de ser mortal, en cambio, me había sorprendido poco antes de los cincuenta años en una ocasión como aquélla, una noche de carnaval en que bailaba un tango apache con una mujer fenomenal a la que nunca le vi la cara, más corpulenta que yo como por cuarenta libras y más alta como de dos palmos, que sin embargo se dejaba llevar como una pluma al viento. Bailábamos tan apretados que sentía circular su sangre por las venas, y me hallaba como adormecido de gusto con su resuello trabajoso, su grajo de amoníaco, sus tetas de astrónoma, cuando me sacudió por la primera vez y casi me derribó por tierra el frémito de la muerte. Fue como un oráculo brutal en el oído: Hagas lo que hagas, en este año o dentro de ciento, estarás muerto hasta jamás. Ella se separó asustada: ¿Qué le pasa? Nada, le dije, tratando de sujetarme el corazón:

—Tiemblo por usted.

Desde entonces empecé a medir la vida no por años sino por décadas. La de los cincuenta había sido decisiva porque tomé conciencia de que casi todo el mundo era menor que yo. La de los sesenta fue la más intensa por la sospecha de que ya no me quedaba tiempo para equivocarme. La de los setenta fue temible por una cierta posibilidad de que fuera la última. No obstante, cuando desperté vivo la primera mañana de mis noventa años en la cama feliz de Delgadina, se me atravesó la idea complaciente de que la vida no fuera algo que transcurre como el río revuelto de Heráclito, sino una ocasión única de voltearse en la parrilla y seguir asándose del otro costado por noventa años más.

Me volví de lágrima fácil. Cualquier sentimiento que tuviera algo que ver con la ternura me causaba un nudo en la garganta que no siempre lograba dominar, y pensé en renunciar al placer solitario de velar el sueño de Delgadina, no tanto por la incertidumbre de mi muerte como por el dolor de imaginarla sin mí en el resto de su vida. Uno de aquellos días inciertos fui a dar por distracción a la muy noble calle de los Notarios, y me sorprendió no encontrar nada más que los escombros del viejo hotel de lance donde fui iniciado por la fuerza en las artes del amor poco antes de mis doce años. Había sido una mansión de antiguos navieros, espléndida como pocas en la ciudad, con columnas enchapadas de alabastro y frisos de oropeles, alrededor de un patio interior con una cúpula de cristales de siete colores que irradiaba un resplandor de invernadero. En la planta baja, con un portal gótico sobre la calle, estuvieron por más de un siglo las notarías coloniales en las que trabajó, prosperó y se arruinó mi padre en toda una vida de sueños fantásticos. Las familias históricas abandonaron poco a poco los pisos superiores, que terminaron ocupados por una legión de nocheras en desgracia que subían y bajaban hasta el amanecer con los clientes atrapados por un peso y medio en las cantinas del cercano puerto fluvial.

A mis doce años, todavía con mis pantalones cortos y mis botitas de la escuela primaria, no pude resistir la tentación de conocer los pisos superiores mientras mi padre se debatía en una de sus reuniones interminables, y me encontré con un espectáculo celestial. Las mujeres que malvendían sus cuerpos hasta el amanecer se movían por la casa desde las once de la mañana, cuando ya la canícula del vitral era insoportable, y tenían que hacer su vida doméstica caminando en pelotas por toda la casa mientras comentaban a gritos sus aventuras de la noche. Me quedé aterrorizado. Lo único que se me ocurrió fue escapar por donde había llegado, cuando una de las desnudas de carnes macizas olorosas a jabón de monte me abrazó por la espalda y me llevó en vilo hasta su cubículo de cartón sin que yo pudiera verla en medio de la gritería y los aplausos de las inquilinas en cueros. Me tiró bocarriba en su cama para cuatro, me quitó los pantalones con una maniobra maestra y se acaballó sobre mí, pero el terror helado que me empapaba el cuerpo me impidió recibirla como un hombre. Aquella noche, desvelado en la cama de mi casa por la vergüenza del asalto, no pude dormir más de una hora con las ansias de volver a verla. Pero la mañana siguiente, mientras los trasnochados dormían, subí temblando hasta su cubículo, y la desperté llorando a gritos, con un amor enloquecido que duró hasta que se lo llevó sin misericordia el ventarrón de la vida real. Se llamaba Castorina y era la reina de la casa.

Los cubículos del hotel costaban un peso para los amores de paso, pero muy pocos sabíamos que costaban lo mismo hasta por veinticuatro horas. Además, Castorina me introdujo en su mundo de mala muerte, donde invitaban a los clientes pobres a sus desayunos de gala, les prestaban el jabón, les atendían los dolores de muela, y en casos de urgencia mayor les daban un amor de caridad.

Pero en las tardes de mi última vejez ya nadie se acordaba de la inmortal Castorina, muerta quién sabía cuándo, que había subido desde las esquinas miserables del muelle fluvial hasta el trono sagrado de mamasanta mayor, con un parche de pirata en el ojo perdido en un pleito de cantina. Su último machucante de planta, un negro feliz de Camagüey a quien llamaban Jonás el Galeote, había sido un trompetista de los grandes en La Habana hasta que perdió la sonrisa completa en una catástrofe de trenes.

Al salir de aquella visita amarga sentí una punzada en el corazón que no había logrado aliviar en tres días con toda clase de pócimas caseras. El médico al que acudí de urgencia, miembro de una estirpe de insignes, era nieto del que me vio a mis cuarenta y dos años, y me asustó que pareciera el mismo, pues estaba tan envejecido como su abuelo a los setenta, por una calvicie prematura, unos lentes de miope sin regreso y una tristeza inconsolable. Me hizo un examen minucioso de cuerpo entero con una concentración de orfebre. Me auscultó el pecho y la espalda, y me revisó la presión arterial, los reflejos de la rodilla, el fondo del ojo, el color del párpado inferior. En las pausas, mientras yo cambiaba de posición en la mesa de reconocimiento, me hacía preguntas tan vagas y rápidas que apenas si me daban tiempo de pensar las respuestas. Al cabo de una hora me miró con una sonrisa feliz. Bueno, dijo, creo que no tengo nada que hacer por usted. ¿Qué quiere decir? Que su estado es el mejor posible a su edad. Qué curioso, le dije, lo mismo me dijo su abuelo cuando yo tenía cuarenta y dos años, como si el tiempo no pasara. Siempre encontrará uno que se lo diga, dijo, porque siempre tendrá una edad. Yo, provocándolo para una sentencia aterradora, le dije: La única definitiva es la muerte. Sí, dijo él, pero no es fácil llegar a ella en tan buen estado como usted. Siento de veras no poder complacerlo.

Eran recuerdos nobles, pero la víspera del 29 de agosto sentí el peso inmenso del siglo que me esperaba impasible cuando subí con pasos de hierro las escaleras de mi casa. Entonces volví a ver una vez más a Florina de Dios, mi madre, en mi cama que había sido la suya hasta su muerte, y me hizo la misma bendición de la última vez que la vi, dos horas antes de morir. Trastornado por la conmoción lo entendí como el anuncio final, y llamé a Rosa Cabarcas para que me llevara a mi niña aquella misma noche, en previsión de que no se cumpliera mi ilusión de sobrevivir hasta el último aliento de mis noventa años. Volví a llamarla a las ocho, y una vez más repitió que no era posible. Tiene que serlo, a cualquier precio, le grité aterrorizado. Colgó sin despedirse, pero quince minutos después volvió a llamar:

—Bueno, aquí la tienes.

Llegué a las diez y veinte de la noche, y le di a Rosa Cabarcas las últimas cartas de mi vida, con mis disposiciones sobre la niña después de mi final terrible. Ella pensó que me había impresionado con el acuchillado y me dijo con aires de burla: Si te vas a morir que no sea aquí, imagínate. Pero yo le dije: Di que me atropelló el tren de Puerto Colombia, ese pobre cacharro de lástima incapaz de matar a nadie.

Preparado para todo aquella noche, me acosté bocarriba a la espera del dolor final en el primer instante de mis noventa y un años. Oí campanas distantes, sentí la fragancia del alma de Delgadina dormida de costado, oí un grito en el horizonte, sollozos de alguien que quizás había muerto un siglo antes en la alcoba. Entonces apagué la luz con el último aliento, entrelacé mis dedos con los suyos para llevármela de la mano, y conté las doce campanadas de las doce con mis doce lágrimas finales, hasta que empezaron a cantar los gallos, y enseguida las campanas de gloria, los cohetes de fiesta que celebraban el júbilo de haber sobrevivido sano y salvo a mis noventa años.

Mis primeras palabras fueron para Rosa Cabarcas: Te compro la casa, toda, con la tienda y el huerto. Ella me dijo: Hagamos una apuesta de viejos:

el que sobreviva se queda con todo lo del otro, firmado ante notario. No, porque si yo me muero, todo debería ser para ella. Es igual, dijo Rosa Cabarcas, yo me hago cargo de la niña y después le dejo todo, lo tuyo y lo mío; no tengo a nadie más en este mundo. Mientras tanto, remodelamos tu cuarto con buenos servicios, aire acondicionado, y tus libros y tu música.

—¿Crees que ella estará de acuerdo?

—Ay mi sabio triste, está bien que estés viejo, pero no pendejo —dijo Rosa Cabarcas muerta de risa—. Esa pobre criatura está lela de amor por ti.

Salí a la calle radiante y por primera vez me reconocí a mí mismo en el horizonte remoto de mi primer siglo. Mi casa, callada y en orden a las seis y cuarto, empezaba a gozar los colores de una aurora feliz. Damiana cantaba a toda voz en la cocina, y el gato redivivo enroscó la cola en mis tobillos y siguió caminando conmigo hasta mi mesa de escribir. Estaba ordenando mis papeles marchitos, el tintero, la pluma de ganso, cuando el sol estalló entre los almendros del parque y el buque fluvial del correo, retrasado una semana por la sequía, entró bramando en el canal del puerto. Era por fin la vida real, con mi corazón a salvo, y condenado a morir de buen amor en la agonía feliz de cualquier día después de mis cien años.

Mayo de 2004